夜叉の鬼神と身籠り政略結婚三

～夜叉姫は生贄花嫁～

沖田弥子

STARTS
スターツ出版株式会社

目次

夜叉の鬼神と身籠り政略結婚三

～夜叉姫は生贄花嫁～

序章　運命のめぐりあい

鮮やかな紫陽花《あじさい》が咲き誇る小道は、瑠璃色《るりいろ》に染め上げられている。

でも空の色は、雨が降りそうな鈍色《にびいろ》だ。

天を見上げていた私――鬼山凜《おにやまりん》は、ふいにざわめきを耳にした。

大学の構内は、突然現れた謎の美丈夫に騒然としている。

金糸のような透き通る亜麻色《あまいろ》の髪は襟足《えりあし》で軽やかに跳ね、稀少《きしょう》な翡翠《ひすい》を思わせる碧《へき》色《しょく》の双眸《そうぼう》が異国の王子さまを彷彿《ほうふつ》とさせる。

すらりとした体躯《たいく》にまとう純白のシャツが目に眩《まぶ》しい。

彼が醸し出すのは神秘的な美しさなのに、どこか雄の勇猛さを匂わせていた。

私は……この人に会ったことがある。

遠い記憶を彼方から探り出していると、彼がゆっくりと近づいてきた。

碧色の双眸は、まっすぐにこちらを見据えている。わずかも外されないその瞳はまるで宝石のように、きらきらと輝く。

精緻《せいち》に整った顔立ちは秀麗だけれど、切れ上がった眦《まなじり》と薄い唇が酷薄な印象を与えた。

え……私のところへ来る……？

王子さまのような男性は周囲の女性には目もくれず、私のほうへ向かってくる。

鬼の子と呼ばれて忌避《きひ》される私が、まさか王子さまに選ばれるなんてこと、あるわけがない。

人々の注目を浴びる中、彼は私の前までやってきた。息を呑《の》む私に、恭《うやうや》しい所作で、てのひらを差し出す。

「約束通り、二十年後に迎えに来た。俺の花嫁」

深みのある声音で明瞭に告げられ、瞬きを繰り返す。

腰まである私の漆黒《しっこく》の髪が、さらりと風にさらわれた。

「……花嫁？」

疑問符が浮かぶけれど、思い当たることはあった。

私の父親は、夜叉《やしゃ》の鬼神なのである。

これまでに会ったことのある鬼神たちがにじませる人外の猛々しさを、彼もまた備えていた。

この人は異国の王子さまなどではない。彼の正体は――。

「あなたは……鬼神なのね」

「そうだ。俺は八部鬼衆《はちぶきしゅう》のひとり、鬼神の鳩槃荼《くばんだ》。神世で交わされた協定により、夜叉姫を俺の花嫁としてもらいうける」

瞠目《どうもく》して、鳩槃荼と名乗った鬼神の言葉を受け止める。

彼は私の手を取ると、まるで騎士の誓いのように、手の甲に静かにくちづけた。

熱い唇の感触に、どきりとする。

立ち上がった鳩槃荼は、間近から私の目を見つめた。そして感嘆したように、彼はつぶやく。

「美しく成長したな。会いたかった。俺の、夜叉姫」

政略結婚の相手がこの男であることを、二十歳を迎えた私は初めて知ったのだった。

第一章　6か月　夜叉姫の胎動

六か月の妊婦健診のため産婦人科を訪れた私——鬼山あかりは、エコーに映る赤ちゃんを目にして、そこにある奇跡に息を呑んだ。

現在は身長三十センチほどの胎児は、腰を曲げて座っているような体勢だ。その腰の部分には、木の葉のような白いラインが見える。

医師は穏やかな笑みを浮かべて、ラインの意味を明かす。

「女の子ですね。木の葉のように見える部分が、赤ちゃんの子宮です」

「そ、そうですか……」

以前の健診でも、おそらく女の子だろうと指摘されていたので心構えはあったけれど、はっきり子宮が見えるということは確定だ。

ふたりめの子は、女の子——。

この子もいずれ大人になり、赤ちゃんを産むのかと思うと胸が熱くなる。

柊夜《しゅうや》さんに伝えたら、きっと喜んでくれるだろう。

けれど……胸に一抹の不安がよぎる。

「あの、先生……胎動がまだないんです。もう二十三週目なのに、大丈夫でしょうか？」

まだ、この子の胎動を感じたことがない。

経産婦は胎動初覚が早く、妊娠十七週頃には感じるのだという。それなのに、まったく赤ちゃんは動いてくれない。

「胎児は問題なく成長していますから、もうすぐ胎動が訪れるでしょう。もし異常を感じたら、すぐに連絡してくださいね」

「はい……わかりました」

もしかして、赤ちゃんになんらかの異常があるのではと不安を募らせてしまうけれど、医師の見解では問題ないようだ。

妊娠の経過や胎児の成長には個人差があるのだから、予定通りにいかないからといって焦るのはよくない。わかってはいるのだけれど。

診察室を出た私は、赤ちゃんのエコー写真を改めて眺める。

そこには漆黒の背景に白っぽく浮かび上がる胎児が写っていた。お腹の中に息づいている我が子の姿に、目を細める。

「女の子だから、おとなしいのかも。……なんて、生まれてみたら、やんちゃだったりして」

弾んだ声をあげ、自らを鼓舞《こぶ》する。

無事に生まれてきてくれるよね……？

期待と不安の入り交じる思いは、身籠《みごも》ったすべての女性が抱えるものだろう。

けれど私の場合、そこにもうひとつの要素が付加される。

私の旦那さまは、夜叉の鬼神なのだ。

すなわちお腹の子は、またもや鬼の子である。

半休を取って健診を受けたあとは、保育園へ悠《ゆう》のお迎えに向かう。

ちゅうりっぷ組の保育室に顔を出すと、子どもたちはプラスチック製のブロックで遊んでいた。一、二歳児のクラスなので、グループを組んでのごっこ遊びなどはまだできず、それぞれが黙々とブロックをいじっている。

悠の後ろ姿を発見して、こっそり様子を見ていると、彼のそばにやってきた女の子が手を出していた。

「かして」

「あい」

悠は手にしていた青のブロックを、さらりと女の子に渡す。

ほかの子が使っているブロックを借りたいとき、『かして』と声をかけることを先生が教えているのだろう。我が子の成長に頬を緩ませる。

ところが、悠はさらに赤のブロックを取り、そばにいたヤシャネコに差し出した。

「あい。なーな」

「ありがとにゃん。でも、おいらが受け取ったら先生にびっくりされるにゃん。ブロックが宙に浮いちゃうにゃんね～。だから、ここに置いてにゃん」

黒猫のヤシャネコは、白い靴下を履いているように見える前脚で、とんと床を叩《たた》いた。

悠は素直に赤のブロックをそこに置く。

その様子を、担任の先生は棚の上に置いた書類をめくる手を止めて見ていた。

まずい。

夜叉のしもべであるあやかしのヤシャネコは、人間の目には見えないのである。

私は慌てて駆けつけたふうを装い、教室に入った。

「お世話さまです。鬼山悠です」

「悠くん、お迎えでーす」

先生の明るい声が響き渡る。

振り向いた悠は、すっくと立ち上がった。そして足元に目を向けると、私を戦慄《せんりつ》させるひとことを放つ。

「なーな！　いくぉ」

まるでそこに猫がいて、帰宅を促すかのような言動である。その通りだけどね。

素知らぬふりをしてロッカーから着替えの入った袋を取り出していると、先生が微苦笑を交えつつ話しかけてきた。

「お母さん。もしかして、おうちで猫を飼っていますか？」

「は、はいっ。飼っております……」

「悠くんは、その猫がいつもそばにいるみたいに話しかけています。おうちの猫ちゃんとは、仲良しなんですか？」

「そ、そうですね。生まれたときから一緒にいるのでとても仲良しです」

冷や汗をかきながら棒読みで答える。

先生は保育のプロなので見透かされている。さすがにあやかしの猫とまではバレていないが、この状態が続いたら困った事態になりそうだ。

先生に挨拶して悠を抱きかかえ、素早く園を出る。

軽自動車のチャイルドシートに悠を乗せていると、ぴょんとヤシャネコは後部座席にジャンプした。

「フウ〜。もう先生にバレてるにゃんね。おいらが離れると悠は必死になって捜し回るから、そばにいたほうが落ち着いていられるにゃんよ。先生はおいらが見えてないはずなのに、疑惑の目がすごいにゃん」

「架空の猫に話しかけているんじゃなく、本物のあやかしの猫がいるって、いずれ先生に気づかれそうね……」

「もはや時間の問題にゃん。でも悠に『おいらはみんなからは見えてないから、話しかけちゃいけにゃい』って言ってもわかってくれないにゃん。どうしたらいいにゃ〜ん！」

嘆きの声をあげるヤシャネコを、悠は天使の微笑みを浮かべて撫《な》でさすっている。

まだ一歳半の悠には、なぜ自分だけあやかしが見えて、それを隠さなければならないのかといった事情を理解するのは難しい。

おそらく彼としては、家で飼っている猫は特別な友達なので、保育園についてきてもよいのだという認識だろう。間違ってはいないんだけどね……。

ハンドルを握り、車を発進させた私は頭を悩ませた。

かつてはおひとりさまだった私だが、会社の上司である柊夜さんと、ふとしたきっかけで一夜をともにした。そうして身籠ったのが、悠である。

ところが妊娠が発覚してから、夜叉の鬼神だという秘密を柊夜さんに打ち明けられた。そして夜叉の後継者である子を守るため、柊夜さんとかりそめの夫婦として同居することになる。お腹の子の神気であやかしが見えるようになった私は数々の試練を柊夜さんとともに乗り越え、ついに悠を出産した。

私たちの間には絆《きずな》が芽生え、結婚して本物の夫婦となった。

今は夜叉のしもべのヤシャネコと、コマドリのあやかしであるコマも加わり、家族に囲まれて平穏に暮らしている。

さらに、ふたりめの子も妊娠しており、幸せでいっぱいの毎日だ。

だがその一方で、困った問題も噴出していた。

鬼神の子である悠はふつうの人間とは異なり、特殊能力を持っている。生まれつきあやかしが見えていて、さらに怪我に触れて回復させられる〝治癒の手〟の力もあった。柊夜さんの母親が人間なので正確にはクオーターだけれど、それゆえに従来の鬼神とは異なった方向の能力が顕現《けんげん》したらしい。

この能力が悪《あ》しきことに使われないよう、成長する過程で、きちんと正しい使い道を教えていかなければならない。

と、理想を掲げたものの、子育てはすんなりとはいかない。

まずはヤシャネコがふつうの人間には見えないことを説明する段階で行き詰まっている状態なのである。

マンションに帰宅すると、留守番のコマが小さな羽をはばたかせて出迎えてくれた。

瀕死だった雛を、悠が治癒して救ってから家族として一緒に住んでいる。

とても悠に懐いているコマは「ピピッ」と鳴いて、嬉《うれ》しそうに飛び回った。

「ただいま、コマ。なにか変わったことはなかった？」

「ピピ、ピュルルイ」

流麗な音色で鳴くコマは頭部が鮮やかな橙色《だいだいいろ》になり、すっかり成鳥らしくなった。

人語をしゃべらないけれど、心は通じ合っているので、なんとなく意思疎通ができている。

「特に変わったことはないのね」

「ビュビュ！　ピュイピピ、ビュルルピィピ！」

——前言を撤回しよう。なにを言いたいのかまったくわからない。

コマは怒ったように羽を広げて、なにかを懸命に訴えている。

「……凶悪なあやかしが現れたとか？」

「ビュビュ」

違うと言いたいことだけは伝わった。困った私はヤシャネコに助けを求める。

「あのう、ヤシャネコ……通訳をお願い」

「おいらにもコマの言葉は全然わからにゃいよ。動きで伝えてもらうといいんじゃないかにゃ？　にゃ、コマ？」

「ピ」

ヤシャネコの言い分に納得したらしいコマは怒りを収めると、リビングの窓辺に近づいた。コツコツとくちばしでガラスをつつくので、窓を開けてみる。

するとコマは近くの電線へ飛んで「ピピ、ピュイピュイ」と、こちらに向かって話しかける。そうしてから今度は室内に戻り電線を見上げ、羽を広げてジャンプした。

喜びを表しているように見える。最後にベランダへ下り、床をくちばしでつつくような真似をした。

つぶらな黒い瞳をきらきらさせたコマは、達成感に包まれている。

どうしよう。今の行動がなにを意味するのか、まったくわからない……。

小さな脚で近づいてきたコマは、ぴょんと私の膝に乗った。わかって当然だという圧を感じる。ヤシャネコはというと、すでに後ずさりしている。

冷や汗をにじませていると、いつの間にか帰宅していた柊夜さんがリビングに現れた。彼が眼鏡を外すと、夜叉の証《あかし》である真紅の双眸が現れる。

「なるほど。そういうことか」

端麗な美貌に雄の猛々しさをにじませる柊夜さんは、漆黒の髪と切れ上がった涼しげな眦が印象的な美丈夫だ。背が高く、すらりとした体躯には漆黒のスーツがよく似合う。

鬼上司だけれど仕事ができるので、非の打ちどころのない社内随一のイケメンと謳《うた》われていた。

しかも結婚したら、家事も育児もこなしてくれるパーフェクトなパパであった。が、完璧なイケメンなど存在しないのだと、結婚後に私は気づかされた。

柊夜さんは異常なほどの執着心で私に迫り、しつこく愛情を確認してくる。ベッドに入っても『愛している』と延々と聞かされて、なかなか眠らせてくれない。おかげで寝不足になり困っている。

おそらく柊夜さんは鬼神ゆえの孤独を抱えていたので、その分の反動が私への愛情として噴出しているのではないかなと思う。

柊夜さんの寂しさに共感して、できるだけ応えてあげたいと考えている……けれど毎日のことなので、さすがにうんざりしてくるのは否めない。深すぎる愛で溺れそう。

「柊夜さん。コマがなんて言いたいのか、わかったんですか？」

執念深い夜叉の旦那さまが、今は救いの神のごとく輝いて見えた。

ネクタイのノットに手をかけて緩めた柊夜さんは、口元に笑みを刷《は》く。

「こうだろう。『話しかけてきた鳥と友達になりたいので、きっかけを作りたい。ベランダに餌《えさ》を置いてくれ。そして出入りできるよう窓も開けておけ』どうだ、コマ？」

「ピ」

コマは重々しく、ひと声だけ鳴いた。正解のようだ。

「さすがですね。全然わかりませんでした……」

「コマも鳥の友達が欲しい年頃なのだろう。よくスズメが電線にとまっているのを窓から眺めているからな」

そう言った柊夜さんはキッチンへ赴き、米粒を入れた小さな陶器の器を持ってきた。

目を輝かせた悠はバンザイをして、「あうー」と声をあげる。自分が器を置きたいようだ。

柊夜さんから器を受け取った悠は、ことりとそれをベランダに置いた。

コマを肩にとまらせてかがみ、スズメの来訪を待っている。さらにヤシャネコも寄り添い、ともに空を見上げている。

私と柊夜さんは水を差さず、室内から見守った。

「私たちが外出している間、コマは留守番をしているので寂しいのかもしれませんね」

「コマも保育園に行ったらどうだ。ヤシャネコだけに任せる理由はないだろう」

「あっ……それなんですけど、先生にヤシャネコの存在が気づかれそうなんです。悠がヤシャネコがいるのを隠せないんですよね。どうしたら、あやかしのことは秘密だと悠に伝えられるでしょうか」

「そうだな……」

ジャケットを脱いだ柊夜さんは、自然な仕草で私の肩を引き寄せた。ともにソファに腰を下ろすと、彼はさも当然のごとく頤《おとがい》をすくい上げ、ちゅっと唇を啄《ついば》む。

突然のキスに頬が朱に染まってしまう。

柊夜さんはなんの前触れもなくキスしてくることがよくあるのだけれど、いつまでたっても慣れない。ここで照れて文句を言ったり、唇を尖《とが》らせたりすると、さらにその口を塞《ふさ》がれてしまうので注意が必要だ。

唇を引き結んだ私は、ぱちぱちと瞬きをして柊夜さんの意見を待った。

すると、そんな私の様子を間近から見つめた彼は、ふいに瞼《まぶた》にくちづけを落とす。

薄くて柔らかい瞼に押し当てられる唇の熱さに、ぞくりと体が疼《うず》いた。

「しゅ、柊夜さん……ちょっと、待ってください」

「待てというのは、このままか？」

瞼に唇を押しつけたまま話すので、より彼の唇の質感を肌で感じた。ぎゅっと目をつむったまま、瞼を開けられなくなってしまう。

「違います……。目が開けられないので唇を離してもらっていいですか」

そう訴えると、柊夜さんは少し唇を離した。

だが彼の真紅の双眸は、ひたりと私を見据えている。まるで獲物を捕捉した肉食獣のよう。

「瞬きをしているから、そこにキスしてほしいという合図なのかと思ったのだが」

「違いますから……。唇を尖らせなかったから、代わりに瞼にキスしようという魂胆《こんたん》ですよね」

「その通りだ」

まったく悪びれない柊夜さんは悪辣《あくらつ》な夜叉の笑みを浮かべる。

もう結婚していて子どもがいるのに、熱烈に旦那さまに求められるのは嬉しくもあるのだけれど、子どもたちの前で堂々と戯《たわむ》れるのはどうなのか。

ちらりとベランダの悠たちに目を向ける。

飛んできたスズメが器の米粒を啄むのを、悠は目を輝かせて見ている。コマとヤシャネコも楽しげに会話をしていた。彼らは来訪してきたスズメに夢中のようだ。

ふいに大きなてのひらに頬を包まれる。自然と私の視線は、眼前の旦那さまに向いた。

「子どもたちは心配ない。俺が目の前にいるときは、俺だけを見てくれ」

紡がれる声音は深みがあり、鼓膜を甘く震わせた。

柊夜さんの声も、真紅の瞳も大好きだけれど、こうして情熱的に迫られると恥ずかしくて困ってしまう。

「わかりました。柊夜さんを見ています。ですから、今の悠にあやかしのことは秘密だと、理解してもらう方法を伝授してください」

「むしろ、隠さなくていいんじゃないか？」

「えっ？　でも……」

意外な返答に目を瞬かせる。すると容赦のない瞼へのくちづけが降ってきた。

あやかしや神世を支配する鬼神たちの存在を、現世の人々に知られてはならないはず。もし知れ渡れば、世界の均衡が崩れてしまうかもしれない。現世のあやかしを統率する鬼衆協会の会長でもある柊夜さんは、それを回避するために活動を続けてきたのだから。

「俺も幼い頃は、あやかしは自分だけが見えることを理解していなかったので、平気で野良のあやかしたちと話していた。だが、おばあさまはそれを正すようなことはしなかったな。周囲の人間に気味悪がられるので、小学生のときにはおのずと事情を理解したが、もし、おばあさまに否定されていたら、彼女に対して反感を抱いたのではないかと思う。あやかしと話すのは楽しいものだからな」

瞼に熱い唇を押し当てながら、柊夜さんは淡々と語った。

お母さんを不慮の事故で亡くすという事情があった柊夜さんは、父親である先代の夜叉とは同居せず、多聞天《たもんてん》であるおばあさまに育てられたのだ。鬼神としての能力ゆえに、孤独な子ども時代を過ごしたのであろう彼の言葉が重く響く。

「言われてみるとそうですね……。私も、ヤシャネコやコマと話すのはとても楽しいです。それを、おかしいと思われるからみんなの前では無視しなさいと指示されたら、悲しい気持ちになりますよね」

私は人間なので、お腹の子の神気により、あやかしの姿が見えている。悠が胎内に残してくれた神気が消滅したときは、ヤシャネコが消えてしまったと思い、悲しくて泣いたことを思い出す。

ふたりめの子を出産したら、私はいずれあやかしが見えなくなる。だからこそ、あやかしと話せるのは貴重な体験だと身に染みていた。

「俺は周囲の目よりも、悠の気持ちを大切にしたい。今、すべてを教え込もうとしなくとも、成長するに従って導いてやるといいのではないかな」

悠のことを真摯《しんし》に考えてくれる柊夜さんに、じんと胸が熱くなる。

無理に世間に合わせるのではなく、子どもの気持ちを大事にしようという思いに、深い共感を覚えた。

ようやく瞼から唇を離した柊夜さんは、優しい笑みを見せる。

「ふたりめも、もうじき生まれる。今後のことは柔軟に考えていきたい。ひとまず、保育園にはコマとヤシャネコが交代で付き添うとしよう。コマも立派な夜叉のしもべだ。俺たちがいないときでも、夜叉の後継者を守ってくれる」

「そうですね。当番制にしたら、悠も納得してくれると思います。それにコマも寂しくないですし」

頷《うなず》いた柊夜さんは、幾度も長い睫毛を瞬かせた。

もしかして、瞼にキスしろという合図かな？

私からも愛情を返したいと常々思っているので、勇気を持って身を伸ばす。柊夜さんの瞼に、そっと唇を触れさせる。

薄い皮膚は温かくて柔らかくて、壊れてしまうかもしれないと思い、すぐに唇を離した。

ところが、なぜか柊夜さんは困ったように微笑む。

「あかり……」

「え。キスしてほしいという合図なのかと思ったんですけど……違いました？」

今さら恥ずかしくなってしまい、頬が火照《ほて》る。しかも、合図と思ったのは勘違いだったようだ。

「違ってはいないが、俺がキスしてほしいのは、こちらだ」

そう言った柊夜さんは精悍《せいかん》な顔を傾けて、唇を重ね合わせた。

長い腕に抱きすくめられ、濃密なくちづけを受け止める。

柊夜さんってば、いつでも確信犯なんだから……。

彼の甘い手管に搦《から》め捕られて、愛を注がれるのは喜悦に満たされる。だからいつも断るなんてできなくて。

甘美なキスに恍惚《こうこつ》としていると、ふと気配を感じた。

はっとして目を開けると、いつの間にかソファのそばに佇《たたず》んでいた悠がこちらを凝視している。

悠は接吻《せっぷん》を交わしている私たちを指差した。

「ちゅー」

慌てて手足をばたつかせ、柊夜さんの腕から逃れた。頬を引きつらせて悠を抱きかかえる。

「えっと、スズメさんはどうしたのかな？」

ベランダに目を向けると、すでにスズメの姿はなかった。スズメが帰ったので、悠は飽きてしまったようだ。ベランダには、しもべたちだけが残っている。

抱っこした我が子は私の顔を見て、唇を尖らせる。

「まま、ちゅー」

悠はパパにそうするように、自分にもキスしてほしいとねだっている。我が子ながら最高に可愛い。

頬を緩めた私は、悠に顔を近づける。

そのときソファから立ち上がった柊夜さんが、すかさず口を挟んできた。

「悠。ママとキスするのはパパだけだ。なにしろ俺はママが入社したその日から、この唇を狙って少しずつ業務上の会話を……」

「その話は長くなりそうなので、あとで聞きますから。――はい、ちゅー」

執念深い夜叉の口上を遮り、ちゅっと悠のぷるぷるの唇にキスをする。

満面の笑みを見せる悠に反し、柊夜さんは嘆息をこぼす。

あとから旦那さまの機嫌を取る必要がありそうだ。

キャッキャと楽しげな悠の笑い声が、家族の集まるリビングを満たした。


夕飯を終えると、柊夜さんが悠をお風呂に入れるのが日課となっている。

ふたりがお風呂からあがったら、悠をパジャマに着替えさせる。そのあとはヤシャネコと遊ぶ悠を柊夜さんが見ていてくれるので、私が入浴するというルーティンだ。

湯船に入って温まりながら、ふっくらとしたお腹をてのひらで触れる。

入浴中は赤ちゃんが足で子宮を蹴り、胎動を感じることが多い。悠のときも妊娠後期は、暴れているのかと思うほど、ぐりぐり動いていた。

けれど、この子は入浴中であろうと、ちっとも動いてくれない。

「どうしたのかな……。でも、異常はないみたいだし……」

幸福な日常の中で、ふと心配事が射し込み、ひとりになったときに心が沈んでしまう。

初胎動が遅れているだけならいいのだけれど。

もしかして、生まれつき手足が動かせないだとか……そうだとしたらどうしよう。

自分の想像にぶるりと震えた私は涙目になってしまい、慌てて目元を拭う。

この子のためにも、母親である私が不安ばかり募らせてはいけないのに。

あとで、健診でもらったエコー写真をもう一度確認してみよう。

頷いた私は、ぎゅっと赤ちゃんを抱きしめるように、お腹を抱きかかえた。


湯上がりに脱衣所で着替えていると、悠たちのにぎやかな声が響いてきた。リビングを覗《のぞ》くと、そこは無人だった。みんなは悠の部屋に行ったらしい。

一室を悠の部屋にして、そこに玩具《おもちゃ》などを置いている。ふたりめの子が生まれたら、悠が自分の部屋で寝られるようにしようと計画した柊夜さんが模様替えを行ったのだ。

まだ一歳半なので、自室で勉強するのは先の話だけれど、子どもたちの部屋はいずれ必要になる。

「中学生くらいになったら、お兄ちゃんと妹は別の部屋にしないといけないよね……」

お腹に手を当て、赤ちゃんに語りかけるように将来の展望をつぶやいた。

兄と妹が喧嘩《けんか》したりするのだろうか。微笑ましい未来を思い描き、頬を緩ませる。

まずは無事に出産を迎えないと、なにも始まらないのだけれど。

不穏なものを感じた私は、健診で撮影したエコー写真をバッグから取り出した。

リビングのソファに腰かけ、じっくり現在の我が子を眺めてみる。

頭部と体、そして手足……赤ちゃんの体の隅々まで見つめるが、特に変わったところはないように思える。

妊娠六か月ともなると、赤ちゃんの骨と筋肉が発達して、体を回転させるローリング運動を行う時期だ。内耳が完成しているので、聴覚も鋭くなっている。

胸に迫り上がる焦りは大きい。でも、『まだなの？』と我が子を急かしたくない。

世間が無神経に訊《たず》ねる『結婚はまだなの？』『子どもはまだなの？』という心ない台詞《せりふ》に、いかに傷つくか知っているから。

うつむいてエコー写真をじっと見つめていると、ふとそこに影が射し込んだ。

はっとして顔を上げる。

するとそこには、マグカップを携えた柊夜さんが表情を強張らせてこちらを見下ろしていた。

「あかり。なにかあったのか。ひどく思い悩んでいるようだが」

どうやら悠に牛乳を飲ませる際に、リビングへ立ち寄ったらしい。

そんなに思いつめた顔をしていたのだろうか。私は慌てて居住まいを正し、ぎこちない笑みを浮かべた。

「いえ、あの、たいしたことじゃないんです。赤ちゃんは順調に育っているそうです。ほら、ここに木の葉みたいなラインがあるでしょう？　やっぱり女の子ですって」

指差したエコー写真に目をやった柊夜さんは、静かに私の隣に腰を下ろした。

手にしていたマグカップを、ことりとテーブルに置く。

真紅の双眸は私の顔を見つめていた。柊夜さんは長い腕を回して肩を抱く。互いの体が密着して、風呂上がりの熱い体温が伝わった。

大きなてのひらが、写真を持った私の手を覆う。

「赤子のことで、なにか気になるのか？　赤子への責任はきみだけでなく、父親である俺にもある。たいしたことでなくてもかまわないから、話してほしい。きみが思い悩んでいる姿を目にするだけで、心が苦しいんだ」

苦しげに吐かれた柊夜さんの言葉に、私はひとりで抱えようとしていたことに気づく。

ふたりの子どもなのだから、柊夜さんに相談するのは当然だった。悩みすぎて、そんな当たり前のことすら忘れていた。

たとえ小さなことでも、彼なら受け止めてくれる。

私は勇気を出して口にした。

「……胎動が、ないんです。妊娠六か月には、ほとんどの妊婦さんは胎動を感じるはずなんですけど……」

「ふむ。医師は順調だと言っているんだな？」

「はい。先生は、もうすぐ胎動が訪れるとおっしゃっていました」

「それなら心配することはないだろう。焦らなくていい」

「でも……待っていると長くて、もしも手足が動かせない子だったらどうしようとか、いろいろ考えて不安になってしまうんです」

子どもが健康であることを願うゆえの心配なのだけれど、初胎動がないと安心が遠すぎて、不安が増幅されてしまう。

うつむいていると、柊夜さんは大きなてのひらで私の肩を撫でさすった。

「子どもの、名前を決めようか」

「……え？」

突然の提案に目を瞬かせる。

顔を上げた私の瞼に、柊夜さんは柔らかなくちづけを落とした。まるで不安を拭い去るような優しい温かみが、安堵《あんど》をもたらす。

「子どもが無事に生まれてくることを、あかりが信じられるように、名前を決めておこう。そうすれば赤子をひとりの人間として認められるのではないか」

柊夜さんに指摘されて、愕然《がくぜん》とした。

私は、赤ちゃんを信じていなかったんだ……。

悠のときは予期せぬ懐妊や引っ越しで目まぐるしい事態だったこともあり、どんな子が生まれるのかまで考える余裕があまりなかった。けれど今回は、すべての責任が親にあるという重圧を知ったゆえに、私は重荷に感じていた。

「柊夜さん……ごめんなさい。私はあなたの妻なのに、柊夜さんとの赤ちゃんを信じられませんでした。夜叉の花嫁、失格ですよね……」

「謝ることはない。妊娠中は不安になることも多いだろう。だが信じる信じないにかかわらず、きみは永劫《えいごう》に夜叉の花嫁だ。孕《はら》ませた俺の子は産んでもらうぞ」

傲岸《ごうがん》な台詞を吐いた柊夜さんは、やや強引に唇を重ね合わせる。

「んっ……」

彼の熱に応え、欲を孕んだ唇と舌を受け止めた。

妊娠中なので柊夜さんは私の体を求めてはこないけれど、こうしてキスを交わしたり、手を握ったりして体の一部を触れさせることは毎日ある。それだけで、旦那さまとつながっている安心を感じられた。

ややあって、柊夜さんは貪《むさぼ》った唇を解放する。

輝く宝石のような真紅の双眸に見据えられ、どきりと胸が弾む。

「あかりはどうしたいのか、聞かせてくれ。まだ決まっていない未来の予測より、きみの気持ちを知りたい」

「……この子を無事に産みたいです。柊夜さんの言う通り、赤ちゃんの名前を決めたら、私の気持ちも凛《りん》と保てるような気がします。柊夜さんはどんな名前がいいですか？」

柊夜さんの気遣いが、ありがたかった。

私は不安になりたいわけではなく、彼との子を無事に産みたいだけなのだ。そんな当たり前のことを見失いかけていた。それを柊夜さんが優しく導いてくれたことに、心が温まる。

ふいに柊夜さんは、瞳を煌《きら》めかせた。

「それだ！〝凜〟はどうだろう。まさしく、気持ちを凜と保つという意味を込められる」

ふと口にした言葉なのだけれど、柊夜さんが拾い上げてくれたことで〝凜〟が運命的な輝きを持つ。

「いいですね。――鬼山凜。とても綺麗な名前です」

「では、これから赤子はその名で呼ぼう」

ふたりめの子の名前は、〝凜〟に決まった。

柊夜さんはそっと私のお腹をてのひらで触れると、深みのある声で話しかける。

「いいか、凜。パパからのお願いだ。ママにあまり心配をかけるんじゃないぞ」

「柊夜さんったら……。凜はもう眠ってますよ」

ふたりで微笑みを交わすと、室内に穏やかな空気が満ちる。

柊夜さんに相談できてよかった。私たちは夫婦なのだから、ともに悩み、ともに笑うのだということを改めて胸に刻んだ。

企画営業部のフロアに、盛大な拍手が響き渡る。

「大変喜ばしいことだ。神宮寺《じんぐうじ》さん、ひとこと挨拶をどうぞ」

課長の柊夜さんから名前を呼ばれた男性は喝采《かっさい》の中、堂々とした足取りでみんなの前へ出た。彼の亜麻色の髪とヘーゼルの瞳が美貌に華を添えており、貴族の若様のごとき気品にあふれている。

「プロモーションＣＭが受賞できたのは光栄なことです。ですが、今回の賞をいただけたのは、もちろん僕だけの力ではありません。チームが一丸となって制作した結果、お客さまの要望に応えることができました」

甘く掠《かす》れた声で述べる神宮寺さんを、女性社員たちはうっとりして眺めている。

大手の広告代理店である『吉報《きっぽう》パートナーズ』の企画営業部では様々な広告とプロモーション案件を担っているのだが、このたび新規プロジェクトとしてプロモーションＣＭが制作された。その作品が評価され、とある広告賞の企画部門を受賞したのだ。

案件統括を行ったチームリーダーは、神宮寺刹那《せつな》である。

彼の実力は遺憾なく発揮されたわけだが、その正体を知っている私は少々複雑な思いがする。

実は、彼の正体は鬼神の羅刹《らせつ》なのだ。四天王の多聞天を主とし、夜叉と対になる存在である。鬼衆協会の一員でもある羅刹は、いわば仲間の鬼神だ。

ところが羅刹ときたら、私に求婚して柊夜さんを挑発し、挙げ句に悠をさらって私を花嫁にしようと企んだ。神世へ行った私と柊夜さんは洞窟を経て羅刹の居城へ赴き、無事に子どもたちを救出したのだった。

柊夜さんと対決した羅刹は敗れたけれど、その翌日には何事もなかったかのように会社に出勤してきたので唖然《あぜん》としたものだ。

しかも頬や口端にできた傷のことを訊ねられると、彼は平然として『悪い女に噛《か》まれました』と答えたのだ。黙然として聞いていた私の頬が引きつったのは言うまでもない。事実と相違ありますと言えないのがつらい。

まるで性悪イケメンの代表格のような男である。さすがは鬼神だ。執念深い柊夜さんに引けを取らない。

和やかな空気で朝礼を終え、私はデスクに戻ってきた。座席に座ろうと椅子を引くと、デスクに手をついた羅刹が横から美麗な笑みを向けてくる。

「星野《ほしの》さん、ありがとう。きみに協力してもらったおかげだよ」

「私は微々たる助力をしただけですから。受賞できたのは神宮寺さんの実力ですよ」

職場では旧姓で呼ばれているものの、一歩会社を出ると羅刹は堂々と私を名前で呼ぶのが困りものだ。

挨拶だけで済むはずもなく、羅刹は身をかがめてきた。彼の吐息が耳にかかるほど顔が近づく。

「それじゃあ、ご褒美が欲しいな。ふたりきりのディナーで妥協してあげるよ。高級レストランを予約しておくね」

「なにが妥協なのかまったく理解不能なんですけど。鬼が荒ぶってしまうので、ご遠慮しますね」

「それは怖いね。僕はいかなるときでも怒ったりしないよ。優しくエスコートしてあげる」

どの口が言うのかな？

柊夜さんと戦ったときは鬼神の本性を露わにして激高したのを見たんですけども。

呆《あき》れた私が乾いた笑いを漏らすと、ふいに漆黒の影がゆらりと被さってきた。

「なんの相談をしている。上司である俺に報告したまえ」

鬼の形相を浮かべた柊夜さんが、地獄の支配者のような低音を響かせた。

こうなると思った……。

「なんでもありません、鬼山課長。では私は業務に入りますね」

さらりと述べて座ろうとするが、なぜか体が動かせない。

デスクに手をついた柊夜さんが身を寄せてきて、抱え込むようにしていたからだ。

私の左半身は羅刹が同じように捕獲済みである。

ふたりの鬼神がぎゅうぎゅうに挟み込んでくるため、身動きがとれない。

柊夜さんは鋭い眼差しで、眼鏡越しに羅刹をにらみつけた。

「懲りないやつだ。俺の妻は身重だ。彼女の心身に負担をかけないためにも、間男は身を引いたらどうだ」

「意味がわかりかねますね、鬼山課長。先ほどは賞賛したのに用がないときは引っ込めだなんて、パワハラじゃありませんか？」

「難しい言葉を知っているじゃないか。貴様こそ、あかりへのしつこい誘いかけはもはやセクハラだろう」

「そんな単語をよくご存じですね。そういえば星野さんと鬼山課長は交際していなかったのに、突然の授かり婚をしただとか噂で聞きましたけど。どうやって幸せな結婚を手に入れたのか、間男の僕に教えてほしいですねえ」

性悪イケメンたちの辛辣な応酬はとどまるところを知らない。

ふたりに挟まれた私は冷や汗をかき通しである。

少し離れたところで見学している男性社員の玉木《たまき》さんが、遠慮のない野次を飛ばした。

「性悪イケメン同士の諍《いさか》いが、また勃発しましたね。いつ終わるんですかぁ～？」

それは私の台詞なんですけども。

見ていないで助けてほしいが、華奢《きゃしゃ》な体格をしている玉木さんは、ふたりの争いが始まると私を盾にするので期待できない。

見渡すと、いつの間にか部署内のみんながデスクの周りに集まっていた。朝礼が続行していると勘違いされてはいないだろうか。

だが鬼神たちは意に介さない。

「教えてやろうではないか。幸せな夫婦の邪魔をせず、ほかの女を探せ。それが貴様のためだ」

「僕なら鬼山課長よりもっと星野さんを幸せにしてあげる自信がありますよ。課長がほかの女にしたらいかがですか？」

浮気を推奨して堂々と略奪愛を掲げる羅刹に、柊夜さんは眼鏡の奥の双眸を光らせた。

瞳が黒く見えるよう、社内では特殊加工の眼鏡をかけているのだが、怒りに滾《たぎ》った柊夜さんの瞳は焔《ほむら》のごとく輝いている。

「その口を縫ってほしいようだな」

「僕はいつでも再戦を受けて立ちます」

鬼上司である課長とエリートの神宮寺さんを止められる勇者はおらず、みんなは成り行きを見守っている。さわらぬ鬼に祟《たた》りなしというわけである。正しい判断だ。

このままでは業務に支障をきたす。その前にふたりの正体がバレてしまいかねないので、私は勇気を振り絞り、ふたりを制した。

「あの、おふたりの仲がいいのはもう充分にわかりましたから、そろそろ仕事に……」

ところがふたりの鬼神から、ぎろりとにらまれてしまう。さらに身を寄せてくるので、双方の厚い胸板に挟まれてしまい、息苦しい。圧迫感がすごい。

「俺は神宮寺と交流を深めたいわけではない。これはきみを守るための話し合いだ」

「星野さんは黙っていてよ。鬼神……貴人としてのプライドというものがあるからね。負けを認めるのは死ぬことと同じさ」

非常に危うい。一般的な社会人でいられなくなる危険性があるので、続きはせめて家に帰ってからやってほしい。

そのとき、華やかな巻き毛をかき上げた本田《ほんだ》さんが、気怠げに声をかけた。

「ちょっとぉ、鬼山課長に神宮寺さん。鬼みたいな図体でデスクを占領しないでくれます？　ここにいる絶世の美女が席に座れないんですけど」

三人で密集しているので、隣の本田さんのデスクにまで柊夜さんの体がはみ出していた。

先輩の本田さんは、過去には柊夜さんに告白してフラれ、神宮寺さんからは目を向けられなかったという経緯がある。よって最近の本田さんは社外に活路を見出そうとしているらしい。

本田さんの発言内容には真しか含まれていない。

柊夜さんと羅刹から、すっと熱気が引いた。

「すまない、本田さん。少々熱くなりすぎたようだ。仕事の邪魔をするつもりはなかった」

眼鏡のブリッジを押し上げた柊夜さんが冷静に弁明する。羅刹はスマートな所作で本田さんの椅子を引いた。

「ごめんね、本田さん。さあ、席にどうぞ」

「あら、ありがとう。おふたりも、ご自分の席に戻ってくださいね」

無言で散っていく鬼神ふたりを見送り、私も着席する。

見守っていた社員たちは「もう終わりかぁ」「本田さんが最強だね」などと晴れやかな顔でつぶやきながら、それぞれのデスクに戻っていった。

鬼山課長と神宮寺刹那の対決は、もはや恒例行事と化している。

私は微妙な笑みを浮かべつつ、助け船を出してくれた本田さんに礼を述べた。

「ありがとうございました、本田さん」

「どういたしまして。星野さんも大変ね」

性悪イケメンたちをねじ伏せた本田さんの破壊力に感嘆する。

ひと息ついたとき、ふと奥の席に座っている女性の姿が目に入った。

陰鬱《いんうつ》な表情でひたすらパソコンを凝視している。みんなはこの騒ぎを見学していたけれど、彼女はいっさい目を向けず、迷惑そうですらあった。

彼女は高梨《たかなし》さんといい、既婚者である。私より年上で、落ち着いたお母さんという雰囲気があるが、高梨さんから子どもの話は聞いたことがない。業務以外の内容をほかの社員と話している姿も見かけなかった。

うるさかったのかな……？

首をかしげていると、高梨さんの足元に黒いボール状のものが、ころりと転がってくるのが見えた。

「あっ……あれは……！」

突起のような小さな手足をばたつかせて、近づいてはまた離れていき、様子をうかがっている。

あやかしのヤミガミだ。

黒いぬいぐるみのような姿は器で、ヤミガミの本体を見た者は死ぬと言われている。

もとは神だったが降格させられたそうだ。その恨みなのか定かではないが、人間に取り憑《つ》いて悪事を行わせる危険なあやかしである。

以前は同僚の玉木さんに取り憑き、ホームへ飛び込ませようとした事件があったけれど、柊夜さんと羅刹の活躍により事なきを得た。

あのときは羅刹が握り潰したが、ヤミガミは姿を消しただけで消滅したわけではないから、獲物を見つければまた現れるのだ。

現世の闇に無数にひそむ彼らは、心の弱い人間を狙って入り込むのだとか……。

「星野さん、どうかしたの？」

「あっ、いえ、なんでもないです」

凝視していたら、本田さんから不審に思われてしまった。

あやかしはふつうの人間には見えないので、もちろんみんなは気にとめていない。

このフロアであやかしが見えるのは柊夜さんと羅刹だけである。ちらりと彼らに目を向けるが、ヤミガミの妖気が小さいためなのか、気づいていないようだ。

騒ぎ立てても困るものね。どうしたらいいんだろう……。

私が戸惑っているうちに、ヤミガミはじりじりと高梨さんに近づく。

そのとき、ビジネスバッグを携えた羅刹が颯爽《さっそう》とフロアを横切った。

「それでは、営業に行ってまいります。ほら玉木さん、僕についておいで」

風を切るような神気が発せられたのか、驚いたヤミガミは「ピャッ」と鳴いて飛び上がった。慌ててフロアの出入り口へ転がっていく。

「もぉ〜。ぼくは神宮寺さんの部下じゃないんですからね！　ぼくのほうが先輩なのにぃ」

「上司のつもりじゃないよ。どちらかというと飼い主の気分かな」

「ぼくは犬ですか⁉」

「そういえば、チワワっぽいねぇ」

玉木さんはまさに子犬のごとくわめきつつ、羅刹の後ろに付き従っている。

ふたりは柊夜さんからペアにされた経緯があるので、外回りも一緒に行動することが多い。

羅刹がフロアを出ていったあとにはもう、ヤミガミの姿はどこにもなかった。

やがて休憩時間になり、ひと息ついた私はパソコンの画面から目を離す。妊娠中のため、ほぼ内勤にしてもらっているので助かっていた。

するとそのとき、目に飛び込んできたものに息を呑む。

「え……ちょっと、こらっ……」

なんと先ほど見かけたヤミガミが、高梨さんの腕をよじ登っていた。

高梨さん自身はそれに気づいていないわけだが、なんだか具合が悪そうに眉根を寄せている。

視線を巡《めぐ》らすと、フロアに鬼神ふたりの姿はなかった。羅刹は外回りに行っており、柊夜さんは会議から戻ってきていない。

これは、まずい事態だ。鬼神という脅威がない今、ヤミガミはやりたい放題になる。きっと、高梨さんに取り憑くつもりなのだ。

慌てて立ち上がった私は不審に思われないぎりぎりの早足で高梨さんに駆け寄った。虫がついていると言って、ヤミガミを払い落とそう。

ところが、なぜか高梨さんは私が近づいてくるのを目にした途端、さっと席を立つ。

その反動でヤミガミは転げ落ちた。

「ピキュウ！」

「あの、高梨さ……」

声をかけ終えないうちに、高梨さんは私から顔を背けてフロアから出ていく。

なんだか私に話しかけられるのを避けたように見えたが、気のせいだろうか。

ころんと床に転げたヤミガミは、「ピキュピキュ」と鳴いて起き上がる。周りを見回し、そこに高梨さんがいないのを知ると、呆然《ぼうぜん》としたのちに猛然と駆けて、彼女のあとを追っていった。

まるで子どものようなかわいらしさのあるヤミガミだが、油断してはいけない。

「どうして高梨さんを狙うのかな……」

明らかにヤミガミは高梨さんを標的にしている。放っておいたら、いずれ取り憑かれてしまうだろう。

フロアから出て、高梨さんを捜す。休憩の時間なので、そう遠くへは行かないはずだ。

給湯室からは社員たちの華やかな声が聞こえてきたが、ここにはいないだろうと思う。高梨さんが同僚と楽しげに話しているところなど見たことがないからだ。

廊下の角を曲がった先に休憩所があるから、もしかするとそこだろうか。

顔を上げた私は休憩所へ向かったが、ぴたりとその歩みを止めた。

角の壁に張りつくようにして、向こう側を覗いているヤミガミに遭遇したから。

「あっ……」

ヤミガミは私が近寄っても気づいていないようだ。なにを見ているのだろう。

私も角から顔を出してみると、休憩所の椅子に腰を下ろしている高梨さんを発見した。彼女はひとりだ。なにをするでもなく、ぼんやりしている。ヤミガミに先んじるなら今しかない。

「こんにちは、高梨さん。ご一緒していいですか？」

角から姿を現した私に、高梨さんはびくりとしてこちらを見た。

「あ……星野さん」

彼女は驚いた顔をしたが、すぐに視線を下げてうつむく。なぜか落ち込んでいるようだ。

断られなかったので、私は高梨さんの隣の椅子に座る。

ところが、私の後ろをついてきたヤミガミが、ちょんと私たちの正面に鎮座した。

この場で悪さをする気はないようだが、私が席を立ったら高梨さんになにをするかわからない。

「ヤミちゃんは私たちの話が終わるまで、そこで見ているつもりなのかな？」

「えっ。誰かいました？」

ついヤミガミに語りかけた台詞を、高梨さんに拾われてしまった。

顔を上げた彼女は私の視線の先を追い、まさにヤミガミがいるところに目を向ける。

慌てた私は瞬きをしつつ、てのひらをさまよわせる。

「ええとですね、そこに小さきものがおりまして、私たちを見ているんですよね。ほら、あやかしとか妖精とか、私は存在を信じていまして、中には悪いものもいまして、高梨さんに取り憑こうとしているのかなー……と心配になっていたんです」

濁したものの、どうにかすべてを話した。

もしかしたら高梨さんはあやかしに憑かれやすい体質だとか、そういうことかもしれないので、ぜひ彼女から話を聞き出したい。

「はあ……そうなんですか。星野さんは霊感が強いんですね」

「ええ、まあ、霊感というか、そういう感じですね……」

だが高梨さんの反応は薄い。ヤミガミと目が合ったはずだが、やはり見えていないようで、すぐに視線を外していた。

「ピキュ……」

なぜかヤミガミは寂しそうに鳴く。

私の直感だけれど、このヤミガミは悪いものではないような気がする。

「たとえばの話なんですけど、高梨さんは悪霊に狙われる心当たりはありますか？」

「はあ。悪霊ですか」

「そうです。誰かを妬《ねた》んだり恨んだりだとか、よからぬことを考えていると、悪霊に取り憑かれる危険性が高まります」

以前、玉木さんが取り憑かれたときは、イケメンを妬む気持ちがヤミガミを引き寄せたのだった。人間社会の闇にひそむヤミガミは、同調する悪しき心を探しているのかもしれない。

高梨さんは真顔になったが、口元に自嘲《じちょう》めいた笑みをのせる。それから彼女は、ふうと深い息を吐いた。

「すごいですね。星野さんの霊感、当たっていますよ」

「えっ……当たりました⁉」

驚いた私は椅子から腰を浮かせる。

その挙動を見て笑った高梨さんは、私の腕に手をかけた。

「落ち着いてください。激しく動いたら、お腹の赤ちゃんがびっくりするでしょう」

「あ、そうですね。当たったことに自分で驚きました」

高梨さんは目を細めて私の顔を見る。そして、ふっくらとしたお腹に視線を移動させると、悲しげに眉根を寄せた。

「実は……星野さんとは、お話しをしたくないと思っていたんですよね」

「えっ⁉　私、なにか失礼なことをしたんでしょうか？」

先ほど、高梨さんに避けられたように感じたが、やはり彼女はそういうつもりだったらしい。

苦笑をこぼした高梨さんは首を横に振る。

「いえ、星野さんがなにかしたというわけではないんです。わたしの気持ちの問題です。星野さんのおっしゃる通り、あなたや特定の同僚を見ていると、妬んだり恨んだりする気持ちがとまらなくなってしまうので」

「……私でよければ、それはなぜなのか、聞いてもいいですか？」

高梨さんは胸のうちを語りたいのだと察した。

もしかして、その理由こそがヤミガミを引きつけたのだろうか。

ヤミガミは私たちの正面に佇み、じっとしている。

高梨さんはまるで空元気のように、明るい声を出した。

「もしかしたらご存じかもしれませんけども、わたし、子どもがいないんです」

「そうだったんですか。高梨さんは確か、ご結婚されてますよね？」

「結婚して、けっこう経《た》ちますけどね……。妊娠したことはあるんですけど、流産してしまって……。夫婦って子どもができないと、それで喧嘩になって、夜もお互いにしらけてしまうんですよ。努力しても結果が出ないと、誰だって嫌になってしまうでしょう？」

淡々と吐き出す高梨さんに、私はただ頷いた。

妊娠を望んでいるからこそ、お腹の大きい私が成功者のように見えて、彼女は目を逸《そ》らすのだ。

ヤミガミが認識できていないはずだが、高梨さんは正面の黒い物体をじっと見つめて切々と語った。

「それでもあの人を褒めそやして、どうにか作業のように出してもらうんですよ。月に一回だけ。でもいつも真っ白の妊娠検査薬に、絶望してしまうんです。フライング検査して陽性だと、うっすらと青いラインが出るそうですね。それなのにラインの出ない真っ白の判定窓が、なにも存在しないことを突きつけてくるんです。流産したから、妊娠しづらいのかな……」

項垂《うなだ》れた高梨さんは、てのひらで目元を覆った。

ヤミガミは、そんな高梨さんをじっとうかがっている。

彼女にどんな言葉をかけてあげたらよいのだろう。

おひとりさまが長かった私には、家族と縁遠い寂しさがよくわかる。そして、その縁をたぐり寄せたいと思っても、努力だけではどうにもならないことを知っていた。頑張るほどに自分の無力さを痛感させられるのである。

けれど今は幸せな私がどんなに励ましたとしても、高梨さんの気分を害するのではないかという恐れが脳裏を掠《かす》めた。

『大丈夫』という言葉は無責任かもしれない。妊娠している私が言っても、嫌みに聞こえてしまうかもしれない。

でも彼女を元気づけてあげたかった。前向きになれたなら、赤ちゃんが高梨さんのお腹に宿るかもしれないから。

「そうだ！　高梨さん、私のお腹にさわってみませんか？」

「……え？　でも、妊婦さんや小さな子を連れている人は、ほかの女性をすごく警戒しますよね。赤ちゃんを傷つけられると思っているんでしょうけど、宝物を見せびらかしておいてにらみつけるので、こちらが傷つきます。だから子どもは見ないようにしているんです。まして、お腹にさわるだなんて、できませんよ」

高梨さんは様々な悲しい経験をしたことで、幸せな未来をイメージできないのかもしれない。

確かに私も自分が出産するまでは、子どもを産んだ経験のある人との隔たりを感じていた。それは『まだなの？』という言葉に集約される。女としての格差を女性たち自身が生み出しているのは、ひどく悲しい社会の構造である。

「私は高梨さんが心優しい人だとわかっていますよ。この子も高梨さんの話を聞いていますから、撫でてみたら、なにか反応を返してくれるかもしれません。――ねえ、凜」

彼女の手を取り、お腹に導く。高梨さんは頬に緊張を浮かべたが、私の手を振りほどくことはしなかった。

高梨さんの手が、膨らみのあるお腹にそっと触れる。彼女は愛しげに目を細めた。

「もう名前が決まっているんですね……。ごめんね、凜ちゃん。こんな愚痴を聞かせて」

そのとき、ぴくんとお腹の赤ちゃんが動くのを感じた。

――胎動だ。

息を呑んだ私は体を硬直させ、全神経をお腹に集中させる。

「高梨さん……！　今、わかりました!?　お腹の赤ちゃんが動きましたよ」

ぴくりぴくりと、胎動は連続して起こっている。気のせいではない。高梨さんが触れたことを、凜が気づいたのだ。

「あ……本当ですね。赤ちゃんは、こんなふうに動くのね……」

「ずっと胎動がこなかったのに、高梨さんが触れたら動いてくれたんです！　きっと凜は高梨さんのことが好きなんですよ」

「まあ……わたしが赤ちゃんに好かれるなんて、そんなことはないでしょうけど、でも、そうだったらいいわね」

苦笑をこぼす高梨さんは、私のお腹から手を離す。彼女は興奮した私が漏らした励ましを、信じていないようだった。

けれど夜叉姫である凜は、人間の想像を超える能力を備えているかもしれない。

たとえば、高梨さんの願いを叶えられるだとか――。それは彼女のお腹に、命が宿るということ。

なぜか予感めいたものが私の脳裏に湧いた。

「ありがとう、星野さん。お話しできて、よかった。しかもお腹にさわらせてもらえて、とても気持ちが落ち着きました」

高梨さんは柔らかな表情で告げる。これまでのどこか切迫したような雰囲気は消えていた。

彼女は自らのてのひらを見下ろして、言葉を継ぐ。

「もしもの話なんですけど……わたしに子どもが生まれたら、凜ちゃんの友達にしてくれませんか？　そういう望みを持っていたなら、なにかが変わるかもしれない気がするので」

「もちろんです！」

快諾すると、目を細めた高梨さんは遠くを見やる。彼女は未来を思い描いているのだった。私たちの子どもが、一緒に公園で遊んでいる光景をイメージしているのではないだろうか。それは、すぐそこにある未来なのだ。

高梨さんが「それでは」と言って席を立つ。

すると、ずっと私たちを見つめていたヤミガミは、くるりと踵《きびす》を返した。

「キュ……」

高梨さんに取り憑くことを諦めたのだろうか。

そう思ったとき――。

ヤミガミがまとう黒い器が、すうっと溶けるように薄くなる。ふわりとした髪の毛と、小さな背中が一瞬だけ見えた。

私が瞬いたとき、ヤミガミの姿は消えていた。

「今のは……人間の、赤ちゃん？」

堕落した神といわれているが、あのヤミガミには最後まで悪意が感じられなかった。

もしかして、あれは高梨さんの死んだ子どもだったのかも……。

そうだとしたら、いなくなったのは、役目を終えたと悟ったからなのかもしれない。

すべては、私の想像でしかないのだけれど。

お腹に手を当てた私は、ヤミガミの消えた廊下を切ない思いで、いつまでも見つめていた。

第二章　8か月　神世の協定と夜叉城の襲撃

牛車の物見から外を眺めた私は、そこに広がる風光明媚《ふうこうめいび》な景色に感嘆の息をこぼす。

若草色に包まれた木立の隙間を縫って陽の光が射し込み、川のせせらぎと鳥のさえずりが響いている。現世の喧噪《けんそう》と、かけ離れた静かな情景だ。

私の膝に座っていた悠は、ひょいと物見に顔を出す。なにかを発見し、目を輝かせながら、鳥の鳴き声がする木立を指差した。

「ぴぴ」

「鳥がいたの？　コマの友達ね」

悠の肩にとまっていたコマは「ピ？」と鳴いて、頭をかしげる。

ヤシャネコも一緒に来てほしかったけれど、柊夜さんは留守番を命じたのだった。

牛が引いている牛車なので、速度はとても緩やかだ。

私たち一家は神世の郊外の景色を存分に楽しんだ。

ところが隣の柊夜さんは、どこか緊張した空気をまとわせている。

それも無理もないかもしれない。

現世から闇の路を通り、神世の郊外へやってきた目的は、柊夜さんの父親に会うためなのだ。

柊夜さんは普段着の白シャツにスラックスだけれど、私は牡丹《ぼたん》が描かれた着物柄のマタニティワンピースをまとい、悠は襟付きのポロシャツを着て少々おしゃれをしている。

先代の夜叉である御嶽《おんたけ》から、私たち一家を屋敷に招待するという報せを受けたときには胸を弾ませた。おじいちゃんに孫の顔を見せてあげられるのだから。

けれど柊夜さんは、呼び出しにはなにか目的があるのではないかと訝《いぶか》っているようだ。

彼ら父子の間には軋轢《あつれき》が横たわっている。それは柊夜さんの母親が亡くなったことを巡る因縁から始まっているのだ。

私は当時の状況を柊夜さんから聞いただけなのだが、お母さんは我が子を守ろうとして不運にも命を落としたのだと思えた。赤子だった柊夜さんには、どうすることもできなかったはず。

屋敷を訪ねたら、そのことが蒸し返されるのではないかという懸念はあった。柊夜さんも、それを恐れているのかもしれない。

私は柊夜さんの胸の底にわだかまっているであろう澱《おり》を薄めるべく、明るい声をかけた。

「村があるところでは畑を耕しているあやかしたちがいましたけど、この辺りの道は誰も通りませんね」

「ここはすでに屋敷の庭だからな」

「えっ……この森が、庭ですか……」

さすが先代の夜叉だけあって、とてつもない広大な敷地を所有している。

私は初めて御嶽さまに会うのだけれど、どんな人物なのだろう。招待されたからには、追い返されることはないと思いたいけれど。

せめて悠に『おじいちゃんだよ』と言ってあげたかった。

どきどきと脈打つ鼓動は緊張を訴えている。胸に手を当てていると、柊夜さんは私の想いを汲んだように、気遣わしげな視線を向けてきた。

「心配ない。御嶽になんらかの策略があったとしても、俺はきみと子どもたちを必ず守る」

「策略だなんて……柊夜さんこそ、心配しないでください。お父さんは初孫に会いたいんですよ。そうでなければ、一家で来るようになんて言わないです」

「俺は御嶽をよく知っているが、そんな温かみのある理由ではないはずだ。だが訪問するからには、悠が夜叉を継承する権利を有していることを認めさせる」

硬い表情で語る柊夜さんは、ひどく警戒している。

膝に抱いた悠はまだなにも知らず、無垢《むく》な笑みを見せて私のお腹に耳を寄せた。

「こぽこぽ」

「悠。〝こぽこぽ〟っていう、お腹の音が聞こえる？」

「ん」

羊水が巡る音だろう。『ママのお腹に妹がいるよ』と教えているから、時折こうしてお腹の音を聞こうとするのだ。

「胎動が訪れないときは心配したが、順調でよかった」

「お騒がせしました……。最近はすごく動くので困るほどです」

妊娠後期である三十週を迎え、八か月になったので、かなりお腹が大きくなった。

あと二か月ほどで、凜は生まれてくる。

微笑みを浮かべた柊夜さんは、私の肩を抱き寄せた。

やがて牛車は門をくぐり、屋敷の前で車輪を止めた。

車副《くるまぞい》が軛《くびき》を外すと、車体が前へ傾けられる。するすると、前簾《まえすだれ》が巻き上げられた。

乗り込んだのは後ろからだけれど、降りるのは前からというのが牛車の作法なのだそう。

先に榻《しじ》を踏んで降りた柊夜さんは、ひょいと悠の胴を持ち上げて地面に下ろす。そうしてから彼は、私へ向けて手を差し出した。

「あかり。手を」

「はい」

柊夜さんの大きなてのひらに自らの手を重ね合わせる。冷たい夜叉の手に、しっかりと握られた。

彼はもう片方の手を、私の腰に添える。体勢を崩しても、いつでも抱きとめられるように。

慎重に榻を踏み、牛車から降りる。

お腹が大きいので、夜叉の旦那さまの過保護さにも磨きがかかる。もう、すっかり慣れたけれど――と思いきや、柊夜さんは執念深い本性を遠慮なく発揮する。

「ここから屋敷に入り、席に座るまで、きみは俺の手を離してはならない。いや、俺が離さない」

「自己完結してますね。悠はまだ足取りが覚束ないですから、初めてのお屋敷で転ぶこともあるかもしれないので、抱っこしていいですか？」

「できるだけ悠の足で歩かせよう。子どもは成長の途上で転んでもいい。だが、妊娠しているきみが転んだら一大事だ」

「はいはい。わかりました」

過保護すぎるのではないかと思うが、こうなると抵抗するだけ無駄なので、さっさと了承して長い話を打ち切ったほうがよいと身をもって知っている。

ところが私の夜叉は不服そうに片眉を跳ね上げた。

「事の重大性をわかっていないようだな。御嶽の目を見るんじゃないぞ。やつは他者を容易に操ることができる。ヤシャネコに留守番を命じたのはそのためだ。半年ほど前に急にいなくなったときも御嶽に呼び出され操られていたしな。あのときは幸い、伝令のみだったが」

「わかりましたってば。柊夜さん、屋敷に入りましょう。悠とコマが先に行ってしまいましたよ」

話しているうちに、肩にコマをとまらせた悠は小さな足で、とてとてと屋敷の玄関に向かっていった。

つながれた柊夜さんの手を引くと、表情を引きしめた彼は歩を進める。

眼前に広がる壮麗な屋敷はまるで平安貴族が住むような趣があった。すでに扉は開け放たれ、玄関口には狐《きつね》面の侍女が佇んでいる。

「ようこそいらっしゃいました。御嶽さまがお待ちでございます」

「う」

慇懃《いんぎん》に頭を下げる侍女に挨拶した悠は、堂々と屋敷内へ入っていく。我が子ながら剛胆だ。

磨き抜かれた廊下を進んでいくと、広間のようなところへ着いた。

精緻な造りの高い天井を見上げた私は視線を下げ、人影を目にする。

一瞬、そこに佇んでいるのは和装の人形かと錯覚する。あまりにも浮き世離れした見かけで、気配を感じさせなかったから。

漆黒の髪から生える獰猛《どうもう》な鬼の角と真紅の双眸に、彼が何者であるのか察する。

「よく来たな、柊夜。そして……人間の花嫁よ」

濡れ羽色の着物の袂《たもと》を翻《ひるがえ》した男性は、重厚な低音でそう言った。

彼こそ先代の夜叉であり、柊夜さんの父親である御嶽さまだ。

柊夜さんとよく似た顔立ちに親近感を覚える反面、彼が醸し出す冷徹なオーラに圧倒される。まさに夜叉の鬼神という威圧がにじみ出ていた。

柊夜さんの言いつけ通り、御嶽さまの目を直視せず、頭を下げて挨拶する。

「は、初めまして、御嶽さま。あかりと申します」

「うむ。次の子を孕んでいるのだな。娘のはずだが、名は？」

なぜ娘とすでに確信があるのか不思議に思ったが、ヤシャネコが報告しているのかもしれない。

「〝凜〟と名づけています。……そして、この子は悠です」

身をかがめ、私の足元にいる悠の背に触れて紹介する。

御嶽さまは真紅の双眸を悠に向けた。

「ほう。この童がな……。鬼神の気迫は薄いが、神気は高い」

ぱちりと瞬きをした悠は御嶽さまを見上げている。震え上がったコマは、悠の襟元に顔を隠した。

初孫の顔を見た祖父は喜ぶものという先入観があったけれど、そのような雰囲気ではない。悠が夜叉の後継者としてふさわしい能力の持ち主か、御嶽さまは探っているのだと感じた。

柊夜さんは険しい顔つきで御嶽さまに告げる。

「まだ二歳にもならないが、特殊な〝治癒の手〟を持っている。負傷したものに触れると回復させることができるという、従来の鬼神にはなかった稀有《けう》な能力だ。つまり次代の夜叉としての資格は充分にある」

「そうかな？　――おい、小童《こわっぱ》。わたしの手に触れてみよ」

巨躯の御嶽さまが笑うと、口端から凶暴な鬼の牙が覗いた。

からかうように差し出された大きなてのひらを、悠は驚いた顔をして見つめる。

もしかして、悠が泣きだしたりしたら、後継者として認めてもらえないかもしれない。

憂慮した私は、そっと悠に伝えた。

「悠、おじいちゃんと握手して」

その声に振り向いた悠は、私と御嶽さまの顔を交互に見やる。

「じぃじ？」

「そう。悠の、じぃじよ」

「ん」

悠は御嶽さまに向き合うと、抱っこの合図であるバンザイのポーズをした。

御嶽さまが恐ろしい鬼神の姿でも、自分のおじいちゃんであると認識したのだ。

怯《おび》えることなく抱っこを要求する悠に、御嶽さまは目を瞬かせる。

「なんだ？　なぜ両手を上げるのだ。天を掴《つか》もうとしているのか？」

「抱っこしてほしいんです。小さな子は家族など親しい人に、こういう仕草をします」

そう告げた途端、御嶽さまは豪快に笑いだした。室内の空気が振動する。

「ははは！　わたしを恐れぬばかりか、抱き上げろとはな。なかなか見込みのありそうな小童だ」

ひょいと悠の胴を持ち上げた御嶽さまは、軽々と片腕に座らせた。

よかった。ひとまず悠を認めてくれたようだ。

私は、ほっと安堵の息を漏らす。

祖父の腕に収まった悠は平然としている。だが悠の襟に顔を埋めたコマは、ぶるぶると身を震わせていた。

御嶽さまには、やはり鬼神として恐怖に値する神気が漲《みなぎ》っているのだろう。

成り行きを見守っていた柊夜さんは、ぽつりとつぶやいた。

「当然だ。御嶽の……孫なのだぞ」

それは歴然とした事実なのだけれど、その言葉の裏には父親と和解したいという意図があるのではないだろうか。

再会したときから父子は一度も目を合わせていない。

御嶽さまは柊夜さんの言葉に沈黙している。

気まずい空気のまま、御嶽さまは踵を返す。悠を抱いて、奥の廊下へと歩を進めた。

「こちらへ来い。おまえたちに話があって呼んだのだ」

私と柊夜さんは顔を見合わせる。

先代の夜叉が私たちに話したいこととは、なんだろう。

御嶽さまのあとに続いて、私たちは奥の部屋に足を踏み入れた。

室内には艶々《つやつや》とした弁柄色《べんがらいろ》の円卓が置かれ、精緻な意匠の椅子がそれを囲んでいる。巻き上げられた簾の向こうには、趣のある庭園が見て取れた。松は優美に枝を伸ばし、純白の玉砂利が敷き詰められている。

「素敵なお庭ですね」

「わたしは庭の批評を聞く気分ではない。まずは、おまえたちに伝えねばならぬ結論を言わせてもらおうか」

「は、はい」

紫檀《したん》の椅子に腰を下ろした御嶽さまは傲岸に告げる。

驕慢《きょうまん》な鬼神の面を垣間見て震え上がったが、彼は悠を片腕に抱いているので、祖父らしく孫を愛でているように見えた。

ようやくつながれた手を離し、柊夜さんとともに椅子に腰かける。並んで座った私たちの対面に、悠を抱いた御嶽さまが座している。

柊夜さんは、さりげなく私に声をかけた。

「御嶽の言い方は気にするな。神世の鬼神は傅《かしず》かれることに慣れているので、みな傲慢なものなのだ」

「わかっています。気にしていませんから」

柊夜さんの強引さに慣れているので、御嶽さまへの反発などは湧かない。それどころか、やっぱり父子だから似ていると感じて、微笑ましいくらいだ。

だが御嶽さまは、ひたりと私に真紅の双眸を据える。正確には私ではなく、お腹のあたりに目を落としていた。

体を強張らせていると、驚くべきことを告げられる。

「その腹の子を、花嫁にくれ」

「……えっ？」

なにを言われたのか、とっさに理解できない。

目を瞬かせる私の隣で、激高した柊夜さんが腰を浮かせた。

「なにを言っている！　御嶽の孫だぞ。貴様の花嫁にできるわけないだろうが！」

「落ち着け。わたしの花嫁にするなどと言っておらぬ。嫁ぐ相手は八部鬼衆の鬼神だ」

「なんだと……？　どういうことだ」

椅子に腰を下ろした柊夜さんは訝しげに眉根を寄せる。

私は早鐘のように鳴り響く胸を押さえながら、御嶽さまの言葉を待ち受けた。

「話は鬼衆協会を設立した頃に立ち戻る。わたしは帝釈天《たいしゃくてん》と袂を分かつことになった多聞天の意を汲み、現世へ赴くことが多かった。まだ創設したばかりの鬼衆協会を手伝ってくれたのが、死んだわたしの妻であり、柊夜の母親だった」

柊夜さんの眉が、ぴくりと動く。

御嶽さまが語る私の知らない過去に、耳を傾けた。

「人間である彼女を妻に迎え、子が欲しいと言われたので、それを叶《かな》えた。だがその結果……彼女は子のために洞窟で命を落とすに至ったのだ。あのときわたしを引きとめた帝釈天が、妻を殺害した犯人である」

くだんの洞窟に私も行ったことがある。そのときに柊夜さんから詳しい話を聞いていた。

「お母さんは落としたお守りを拾おうとして、不運にも雷に打たれたんですよね。犯人が帝釈天だというのは、最近になって判明したんですか？」

私が訊ねると、御嶽さまはなぜか沈黙で返す。

柊夜さんが赤子のときなので、三十年ほど前の出来事である。犯人が帝釈天だというのを、御嶽さまはいつ掴んだのだろうか。

柊夜さんは怪訝《けげん》そうに双眸を細めた。

「帝釈天は雷を操るが、なぜ犯人だと断定できる。しかも昔は、俺が母を殺したのだと責めていたが、今になって意見を翻すのはなぜだ」

「あの頃のわたしは混乱していたのだ。妻が亡くなったのは柊夜を守ったせいだと思い込んでいた。だがそれは責任転嫁であったと、時が経ち、冷静に考えられたのだ」

「都合のよい言い訳にしか聞こえないが、主題から逸れるので脇に置こう。それで、帝釈天が母を殺した犯人だとする証拠は？」

父子は真紅の双眸でにらみ合う。和解したように思えるのに、どうしても和やかな雰囲気にならない。

はらはらして見守っていると、御嶽さまの腕に収まっている悠が「あうー」と心配そうな声を発した。

そのひとことで緊迫した空気が、ふっと和らぐ。

「おお、小童。おまえを責めているわけではないからな。――証拠は……残されたお守りに、雷撃の込められた珠の燃えかすがあったのだ。珠を渡したのは帝釈天だと確信がある。わたしはずっと真犯人を突き止めるために調査をしていた。そして先日、帝釈天に謁見《えっけん》して真相を問い質《ただ》した」

「帝釈天はなんと？」

「無論、己が犯人だと認めようとはしない。あの頃の帝釈天は今以上に鬼衆協会と人間を目の敵にしていたゆえ、報復を行ったのだろう。……だが、目的は罪を認めさせることではない。妻の件を不問にする代わりに、鬼衆協会の存在を認めることを交換条件として提示した。そのための証として、両陣営の婚姻を結ぶという協定を締結した。ゆえに腹の子を帝釈天側の鬼神に嫁がせるのだ」

事情を聞いた私は目を見開く。

鬼衆協会が存続していくために、凜は鬼神と政略結婚をさせられるのだ。

そんな重要なことを勝手に決めて事後報告するなんて、ひどい。

「待ってください、御嶽さま！　つまり凜に鬼神と政略結婚をさせると？　それでは、凜の意思はどうなるんですか？」

「では問うが、あかりは柊夜と結婚して子を産んだ。それは不幸な結婚か？」

「……そんなことはないです。初めは鬼神のことを知らなかったので、いろいろありましたけど、今は柊夜さんと結婚できて幸せです」

私もいわゆる一般的な恋愛結婚とは違った形だったけれど、まだ生まれてもいない娘の嫁ぎ先が決められてしまうのは母親として心配でたまらない。

私の返事を聞いた御嶽さまは鷹揚《おうよう》に頷いた。

「そうであろう。あかりが幸せになったように、凜も鬼神と結婚して幸せになれる。夜叉姫ともなれば、どこの馬の骨ともわからぬ人間の男になど嫁がせられぬ。八部鬼衆は数多のあやかしを従える城主だ。豊かな暮らしを送る財産と地位は保証されている」

「でも、八部鬼衆といっても、どなたに嫁ぐのですか？」

四天王の配下となる八部鬼衆は八名いる。持国天《じこくてん》の眷属《けんぞく》、乾闥婆《けんだつば》と毘舎闍《びしゃじゃ》。増長《ぞうじょう》天《てん》の眷属、鳩槃茶と薜茘多《へいれいた》。広目天《こうもくてん》の眷属、那伽《なーが》と富單那《ふたんな》。そして多聞天の眷属、夜叉と羅刹だ。

帝釈天側の鬼神となると、かつて対面したことのある薜茘多を思い出す。横暴で残忍な薜茘多に嫁がせたりしたら、死体になって返されそうな危惧が胸をよぎった。

「それは、今はわたしの口からは言えぬ。帝釈天が適切な人選を行うだろう」

どの鬼神なのかは未定のようだ。

うつむいた私は大きなお腹に、そっと手を添える。

財産と地位のある鬼神と結婚すれば幸せだという御嶽さまの言い分もわかるけれど、それだけが幸せの要素ではないだろうし、なにより凛はまだなにも知らない。親たちが本人の意見を無視して決めるのはどうなのかと思う。

御嶽さまは目線を移動し、思案していた柊夜さんに言葉をかける。

「悪くない話だろう、柊夜。この協定が予定通りに運べば、鬼衆協会を潰される心配がなくなるのだ。我々が今まで行ってきた活動も無駄にならぬ」

「理屈はわかるが……そのために母の死を利用し、孫娘を生贄《いけにえ》に差し出そうとする御嶽には虫酸《むしず》が走る」

「なんとでも言うがいい。死んだ者は帰ってこない。混血の孫たちが迫害されぬため、今のうちに神世の主を抑えておかねばならぬ。後ろめたいことがある帝釈天につけいる機会は今しかない」

苛烈さを発揮させた御嶽さまの言葉に、はっとした。

混血である子どもたちが成長したとき、帝釈天側との溝があっては屠《ほふ》られかねないという懸念を御嶽さまは抱いているのだ。

だからこそ、婚姻による不可侵協定を帝釈天との間に結んだ。

大人たちの話に、悠は飽きてきたようだ。「あううー」と言って手足をばたつかせるので、席を立った私は御嶽さまの腕から悠を受け取る。

その様子を目にした柊夜さんも、立ち上がった。

「御嶽の話はわかった。だが、俺たちが了承するかどうかは別の話だ」

「すでに決まったことだ」

「帝釈天に謁見する。向こうの言い分を確認しないわけにはいかないからな」

「好きにしろ」

硬い表情を浮かべた柊夜さんは私を促して部屋を出る。御嶽さまは私たちのあとをついてきた。

玄関から外に出ると、牛車の脇に待機していた車副が御嶽さまの姿を目にし、慌てて平伏する。

「ありがとうございました。御嶽さまに孫の顔を見せたいと思っていたので、会えてよかったです」

「また来い。今度は孫たちに小遣いをやろう」

凜の政略結婚については思うところがあるけれど、おじいちゃんに悠を会わせてあげるという夢が叶えられてよかった。

ふと悠は、御嶽さまに向かって小さな手を伸ばす。

「じぃじ」

「おお？　よしよし。おまえは柊夜のように捻《ひね》くれた男になるなよ」

笑みを浮かべた御嶽さまは大きな手で、悠の柔らかい手を握った。

後ろから柊夜さんの嘆息が聞こえる。

おじいちゃんと孫の微笑ましい光景を目にした私は、一抹の不安を覚えながらも幸福感に包まれた。


屋敷をあとにした私たちは、牛車で来た道を引き返す。物見窓から見える穏やかな森の風景を眺めつつ、ふうと息を吐いた。

「よかったね、悠。おじいちゃんに会えたね」

「ん」

悠の服がもぞりと動き、コマが顔を出す。ずっと服の中に隠れていたのだ。

「ピュイ～……」

「コマは御嶽さまが怖かったの？」

「ピィ、ピピ、ピッピ」

単なる肯定だけではなく、コマにはなにか言いたいことがあるらしい。

首をかしげていると、柊夜さんが説明してくれた。

「御嶽の目を見ると操られることに、コマは気づいたのだろう。御嶽は伝令などにしもべを使うことがあるが……自らの意思を奪われて操作されるのは困惑するものだ。

今回の協定も、他者を無視した勝手な取り決めだ。いかにも、あの親父らしい」

御嶽さまが帝釈天と取り交わした政略結婚に話が及び、どきりとした。

「協定を結ぶ前に相談してほしかったですけどね……。でも御嶽さまとしては、孫たちの将来を思ってのことではないでしょうか」

「あかりは、凜を鬼神に嫁がせることに賛成なのか？」

「私は……わかりません。御嶽さまの考えは理解できますけど、凜を政略の道具にしたくないという気持ちもあります。私はただ、凜に幸せになってほしい。それだけなんです」

私は柊夜さんと同じ職場の上司と部下なので、もとから顔見知りだったが、それでもすんなりと心を通わせられたわけではなかった。

結婚さえすれば円満ではない。やはり時間をかけて、お互いの絆を結ぶことが大切ではないかと思う。

もし凜が思春期になり、政略結婚を知らされたら憤るのではないだろうか。ほかに好きな人がいたとしたら、反発されるのは間違いない。

そのほかにも、この政略結婚について心配事があった。

「御嶽さまの話では、まだ詳しいことは決まっていないようでしたけど……凜が生まれたら、私たちのもとで育てられますよね？」

もしかしたら、鬼神の花嫁として育成するために、両親と引き離されるということになりはしないか。

そんなことは絶対に嫌だ。私たちの子どもとして、悠の妹として、一緒に暮らしたい。

縋《すが》るように柊夜さんを見上げると、彼は横顔に憂慮を刻む。

「帝釈天の思惑を聞いてみよう。御嶽の話だけでは判断できない。もし花嫁を渡せと言われても、俺たちが娘を育てるという主張は必ずする」

夫の頼もしい言い分に、同感した私は頷いた。

帝釈天に会うのは、柊夜さんを追って永劫の牢獄《ろうごく》へ入ったとき以来になる。

神世の支配者の冷淡な美しさを脳裏によみがえらせた私は、背筋を震わせた。

牛車は郊外から街を通り、夜叉の居城へ戻ってきた。

城門をくぐり、石段の前で牛車から降りたとき、騒がしい鳥の鳴き声が響く。

ふと空を振り仰ぐと、カラスの大群が飛び交っているのが見えた。陽射しは遮られ、天には重い雲が垂れ込めている。なにかが起こりそうな気配を感じた。

そのとき、音もなく出迎えたふたりが言葉を発する。

「おかえりなさいませ。夜叉さま」

「おかえりなさいませ。あかりさま、悠さま」

人形のように無機質なふたりは、城を守護する石像のあやかしだ。

天女の羽衣をまとった女の子は風天《ふうてん》。水干装束の男の子は雷地《らいち》という名である。

金色の瞳を持ち、漆黒の髪を結い上げているふたりはよく似た容貌で、つがいだ。

小さな子どもの姿をした彼らは石像から変化すると、空を飛行できるほど身軽になる。

柊夜さんは怪訝そうに空に目をやり、眉をひそめた。

「留守中に、なにかあったか？　神世の気配が変わったな」

「鬼神さまがたに、動きがあったようでございます。各居城のざわめきを察知いたしました」

風天が慇懃な仕草で礼をすると、雷地も頭を下げて報告する。

「帝釈天さまの使いで、先ほどマダラが参りました。夜叉さまと花嫁さまは至急、善見城《ぜんけん》においでくださいとのことです」

「向こうから招待されるなら話は早い。……だが、なにやら不穏なものを感じるな」

帝釈天のしもべであるコウモリのマダラに翻弄《ほんろう》された一件を思い出す。今回の呼び出しと、神世に漂う不穏な気配とは関連があるのだろうか。

「帝釈天の用事は、御嶽さまと協定を結んだ政略結婚についてですよね。詳しい話をしないわけにはいかないです」

「うむ。万全の準備をして向かおう。——悠とコマは、城で待っているんだ」

離れるのも心配だけれど、悠を帝釈天のもとに連れていくのは危険を伴うかもしれない。善見城から私たちが戻るまで、風天と雷地のそばにいたほうがよいだろう。

「あぶぅ」

悠は不満げに唇を尖らせたけれど、肩にとまったコマが「ピッ」と力強く鳴いた。

「しもべたちよ、頼んだぞ。念のため怪しい者が侵入しないよう、厳重に結界を張っておく」

風天と雷地は主に答えた。

「お任せくださいませ。わたくしどもが、悠さまをお守りいたします」

「お任せくださいませ。わたしが……すべてをお守りいたします」

珍しく雷地が言い淀《よど》んだ。

いつもは流れるように復唱するふたりだが、どうしたのだろう。

柊夜さんは門内の広間を歩き回り、指先で描いた五芒星《ごぼうせい》を形作っていた。ふわりと青白い光が浮かび上がったかと思うと、石畳に降りて溶けていく。外敵の侵入を防ぐために結界を張っているのだ。

結界を完成させた柊夜さんは、みんなを落ち着かせるかのように微笑を浮かべた。

「すぐに戻ってくる。今回は永劫の牢獄に囚われるという事態にはならないから、安心してくれ」

柊夜さんはすでに笑い話にしているが、あのときは本当に心配して彼のあとを追ったのだった。悠を妊娠していたときの思い出がよぎり、私は苦笑をこぼす。

とてとてと歩いた悠は、風天と雷地に向かって両手を上げた。

「ぷう、あい」

ふたりは主人にそうするように、慇懃な礼をする。そうしてから悠の手を取り、門前に並んだ。

「それじゃあ、行ってくるわね」

手をつないでいる三人に見送られ、私と柊夜さんは善見城へ向かった。

久しぶりに訪れる善見城は、深い霧が立ち込めていた。

城門に辿《たど》り着くと、屈強な兵士に案内される。

「こちらで帝釈天さまがお待ちでございます」

本殿ではなく、敷地内にある離れへ向かうようだ。森のごとく木々が生い茂る道を通ると、傍らにいくつもの豪壮な建物の屋根が見える。

ややあって、案内してくれた兵士はぴたりと足を止めた。牛の頭を持つ彼は、道の脇に避けて直立する。

どうやらここが帝釈天の待つ離宮らしいが、濃い霧に包まれているのでなにも見えない。

柊夜さんはさりげなく前に立ち、私を背中に隠した。

「来たか。ちこうよれ」

霧の向こうから厳かな声が響いてきた。その声音は威厳に満ちているけれど、どこか幼さを感じさせる。

ゆっくり歩を進めると、屋外の広場のようなそこに東屋が現れた。

精緻な細工の東屋は白亜の大理石を彫ったと思しき純白で、こぢんまりとしている。内部には同じ石で造形された寝椅子がひとつだけあった。

そこに白い着物をまとった帝釈天が、長い金髪を垂らして物憂げに座している。

神世の主であり、四天王と八部鬼衆の頂点に君臨する帝釈天は、人間の年齢でいえば十歳ほどの少年である。その体は華奢で、四肢は折れそうなほどに細い。

霧に包まれた幽玄《ゆうげん》な光景は、まるで絵画の世界に迷い込んでしまったかのよう。

柊夜さんは鬼神の礼として、すっと片膝をついた。

「帝釈天からの招待に感謝する」

「うむ」

述べられた挨拶に、帝釈天は翡翠色の目を向けて応えた。白皙《はくせき》の容貌には今のところ、いっさいの感情が浮かんでいない。

私も跪《ひざまず》くべきかと思い、大きなお腹を抱えて膝を折ろうとするが、柊夜さんにてのひらで制された。

そのとき東屋の天井に、黒と白の斑《まだら》の羽がぶら下がっているのを見つける。帝釈天のしもべである、コウモリのマダラだ。

マダラは見上げている私に気づき、羽を広げる。

「お久しぶりでございますぅ。その節はお世話になりました」

「久しぶりね、マダラ。帝釈天の側近に戻れたのね」

「えぇえ!? わたしは側近だなんて、そんなすごい地位じゃありませんからぁ～」

否定しつつも、マダラは嬉しそうに羽をパタパタとはためかせた。

以前は騙《だま》されたこともあったが、愛嬌《あいきょう》のあるマダラを私は憎めないでいる。

帝釈天は不機嫌そうに柳眉を寄せた。

「マダラよ。そなたは伝令という役目を終えた。黙っておれ」

「は、はいっ！ ……まったくもぉ、帝釈天さまは用が済んだら黙ってろだもんなぁ。あちこち行ったり来たりして大変だったのにぃ」

主人に命じられ、マダラは愚痴をこぼしながら羽を閉ざす。

夜叉の居城へ往復したのみではないのだろうか。ほかにもなにかの用があったのかと、ふと疑問に思う。

帝釈天は私の疑問を遮るかのように、細い腕を優雅に掲げる。

「夜叉姫に椅子をもて。我らの大切な生贄花嫁なのだからな」

「えっ……夜叉姫？」

驚いていると、音もなく現れた侍女が背もたれのついた紫檀の椅子を持ってきた。

私の背後に豪奢な椅子が置かれる。

帝釈天は傲慢に命じた。

「座れ、人間の女。そなたに礼を尽くしているのではない。我はそなたの腹にいる夜叉姫を気遣っているのだ。流れでもしたら協定が水泡に帰す」

冷酷に告げられた台詞の中に含まれた〝協定〟という言葉に、はっとする。

すでに帝釈天は円満に協定が結ばれたものとして、凜は生贄花嫁であるという認識でいるのだ。

柊夜さんは険しい双眸で帝釈天を見据えた。

「御嶽から話は聞いた。これから生まれてくる俺たちの娘を協定の証として、鬼神と政略結婚させるのだとな」

「そなたたち鬼衆協会の面々にとって朗報であろう。夜叉姫が花嫁になりさえすれば、我はそなたらの裏切りに目をつむってやるのだからな。人間の夜叉よ、不満でもあるのか？」

「俺たち両親の同意を得ずに協定を締結されたことに関しては遺憾だ。娘を政略の道具にされて喜ぶ親はいない」

「思い違いをするな。そなたは夜叉姫を己らの所有物のように扱っているが、そもそも鬼神一族の末裔《まつえい》すべては神世が育んだのだ。同族をまとめるため恩情をやると言っておるのに、文句を言うとは何事ぞ」

議論が白熱して、はらはらした私はふたりに視線を往復させる。

真紅の双眸を細めると、柊夜さんは腰を上げた。彼は立ち竦《すく》んでいる私の手を取り、紫檀の椅子に座らせる。

そうしてから再び帝釈天に向き直った。

「価値観の相違について今さら正すつもりはない。ただ、疑問に思っていることが何点かある」

「申せ」

「ひとつは、協定の真意についてだ。事の発端は、帝釈天が俺の母を殺害したことにある。それを不問にする代わりに鬼衆協会の存続を認めるそうだな」

柊夜さんの述べた言葉に、帝釈天は美しい顔をひどくゆがめた。

「御嶽の妻が死んだのは、あやつの不甲斐《ふがい》なさが招いたことだ。それを我に押しつけておる！　……だが神世で起こった事件のすべての責任は、主の我にあるとも言える。ゆえに、不毛な議論を終わらせるべく協定を結んだのだ。その証として、夜叉姫には鬼神の花嫁となってもらうということだ」

「それで生贄花嫁か。もうひとつの疑問だが、夜叉姫を嫁がせるのは、どの鬼神だ」

どきどきして、私は帝釈天の答えを待ち受けた。

相手によっては、凛が幸福にも不幸にもなりえるから。

「花婿は、すでに決まっておる」

帝釈天が告げたそのとき、高らかな馬のいななきが響き渡った。

はっとして視線を巡らせると、深い霧の中からひとりの男性が現れる。

襟足までの亜麻色の髪と、眦が鋭く切れ上がった碧色の双眸、そして端整な容貌は貴公子然としているが、彼が漂わせる凄《すご》みが八部鬼衆のひとりである鬼神を思わせた。

後ろには、朱の手綱をつけた白馬が付き従っている。男性は着物ではなく乗馬用のブーツとズボンを着用しているので、この馬に騎乗してきたようだ。

すらりとした体躯の鬼神は無駄のない所作で片膝をつく。

「鳩槃荼、御身のもとに馳《は》せ参じました」

「うむ。ちょうどそなたの話に及んだところだ。――夜叉姫の嫁ぐ鬼神は、この鳩槃茶である」

自信に満ちた帝釈天の宣言に、私は戸惑いを浮かべた。

鳩槃茶は事情をすべて承知のようで、いっさい動揺を見せず、礼を尽くした体勢のまま目線を下げている。だが鳩槃茶の後ろにいた白馬が首を巡らせ、私のお腹が気になるかのように鼻先を近づけてきた。

それを見咎《みとが》めた鳩槃茶は、ぴしりと言い放つ。

「やめろ、シャガラ。花嫁の母君に無礼を働くな」

その声に、シャガラと呼ばれた白馬はすぐさま正面を向く。単なる移動のための馬ではなく、鬼神の忠実なしもべなのだ。

笑みを刷いた帝釈天は、まるで息子の結婚が決まったかのような安堵をにじませている。

「鳩槃茶は機知に富み、礼節をわきまえておる。我のもっとも信頼のおける鬼神といっても過言ではない。花婿として申し分ないであろう」

柊夜さんは複雑な表情を浮かべて鳩槃茶を見やった。

「鳩槃茶か……。確かに、穏健派のひとりではあるな」

そう評された鳩槃茶は肯定を示すように、沈黙で返した。

私は初めて会った鬼神だけれど、柊夜さんとは顔見知りらしい。

だが、おとなしそうな男性に見えても、彼は鬼神なのだ。これまで数々の鬼神たちの本性を目にしてきた私は、鳩槃荼もまた、苛烈な面を秘めているのではという不安がよぎる。

すかさずマダラが嬉々《きき》として囃《はや》し立てた。

「薜茘多さまでなくて、よかったですね！　同じ増長天の眷属でも、薜茘多さまはすぐに怒るからお付き合いするのも大変ですよ。わたしが伝令に行ったら『なぜ俺が選ばれないのだ』って怒り狂ってました。まったく心が狭いなぁ～」

軽々しく暴露するマダラを、ぎろりと帝釈天がにらみつける。

震え上がったマダラは慌てて口を閉じた。

薜茘多は以前、私を花嫁にしようとして牢獄に閉じ込め、柊夜さんと一戦を交えたことがある。彼の横暴さはよく知っているので、薜茘多に凜を嫁がせるなんて考えられない。

だからといって、鳩槃荼ならよいかというと、喜んで賛成できなかった。

そもそも、この政略結婚に、凜の意思がないのだから。

「凜はまだ生まれてもいないんです。この子の意思を尊重してあげたい。だから結婚については、凜が成人したら本人に決めさせてあげてください」

勇気を持って声をあげる。すると、帝釈天は途端に不機嫌さを露わにした。

「なにを悠長なことを言っておる。夜叉姫を手元に置いて、懐柔するつもりか？　それでは人間の女のように、身勝手になってしまうではないか。夜叉姫は赤子のときから鳩槃茶の城で暮らせばよい。ともにいれば結婚に反対することもなかろう」

帝釈天は凜が生まれたら、私たちから取り上げるつもりなのだ。そんなことは許容できない。

「それはできません！　結婚のことはともかく、凜は私たちの家族として一緒に暮らします」

「俺も、あかりの考えに賛同する。最後に確認したかった点はそこだ。神世で暮らせば意のままに操れる人形に育てられるという思惑かもしれないが、俺たちから娘を奪うことは許さない。凜は家族とともに育てる」

柊夜さんも私に同調してくれたので心強い。

凜は大切な娘なのに、生まれたら家族と引き離されて暮らすことになるなんて、考えられなかった。

「我の意に反するというのか」

強い意志を込める私たちへ、帝釈天が投げかけた言葉が剣呑《けんのん》な響きを帯びる。

そのとき鳩槃茶が、なだめるように柔らかな声をかけた。

「よいではありませんか、帝釈天さま。どこで育とうと、夜叉姫が俺の花嫁になることに変わりありません。むしろ両親に育てられたうえで、俺の花嫁になりたいと本人が希望すれば、すべて丸く収まるでしょう」

「……ふむ」

帝釈天は鳩槃茶に一目置いているのか、滾りかけた怒りを鎮めた。

確かに、凛が鳩槃茶を好きになって結婚したいと願うなら、私たちがその意思に反対することはできない。

鳩槃茶にはそうなるという自信があるのだろうか。それとも、この場を収めるためのひとつの仮定だろうか。

鳩槃茶は冷徹に光り輝く碧色の目を、柊夜さんに向けた。

「そうなれば夜叉も文句はあるまい」

「無論だ。凛の気持ち次第ではある。……だが鳩槃茶、なにを企んでいる？」

「なにも。俺は今後のために、最善と思える案を提示しているだけだ」

ひりついた気配が辺りに漂う。

ごくりと息を呑んだとき。

「……あっ」

お腹の子が、動いた。

とっさにお腹に手を当てると、一同が私に着目する。

「あかり。どうした？」

「……胎動がありました。この子も、今の話を聞いていたわけなので、もしかしたら思うところがあったのかもしれません」

心配げに訊ねる柊夜さんを安心させるよう、微笑みかける。

胎児の凜が、まさかこの事態を理解したとは思えない。偶然かもしれない。けれど、彼女が返事をしたような気がした。

政略結婚に対しての肯定なのか否定なのかは、わからないけれど。

帝釈天は翡翠色の双眸を細めて私のお腹を見つめていたが、ふっと逸らした。

「よかろう。無理にそなたたちと引き離して禍根を残すと厄介《やっかい》かもしれぬ。夜叉姫の育成は、そなたたちに任せる」

「あ……ありがとうございます！」

礼を述べるが、帝釈天は迷惑そうに手を振った。人間の私とは話したくないらしい。けれど、凜のことは夜叉姫として大切に扱ってくれるかもしれない。なにより凜のために椅子を用意してくれた。

私は人間なので嫌われても仕方ないけれど、凜を同族として考えている帝釈天の見解に安心していた。

「わずか二十年ほどだ。我がひと眠りしている間に、夜叉姫は美しく成長しているであろう」

「この鳩槃茶に、万事お任せください」

鳩槃茶は深く頭を垂れる。

それに応えるかのように、帝釈天は寝椅子に体を横たえ、瞼を閉じた。金の睫毛も、黄金の髪の一筋も、微動だにしなくなる。

まるで神が息を引き取ったと思ってしまいそうな静謐《せいひつ》に沈んだ光景は、声をかけることもためらわれた。

柊夜さんに手を取られたので、私は静かに椅子から腰を浮かせる。

音もなく立ち上がった鳩槃茶が踵を返すと、白馬もあとに続いた。

深い霧の中に帝釈天を残し、私たちは東屋を辞した。

さらりと白馬に跨《またが》った鳩槃茶が、ひとこと告げる。

「亡者の気配がするな」

それだけ言うと馬首を巡らせ、善見城の門を疾風のごとく駆け抜けていった。

彼の腰からなびいた朱の布が、鮮やかに目に焼きつく。

「……どういう意味でしょう？」

「わからない。だが鳩槃茶は、俺たちの意見を尊重した。つまり、この場で夜叉姫を無理やり奪うことはしないというのが、彼の意思だ」

もし鳩槃茶が帝釈天の意見に同意したなら、出産するまで私を牢に閉じ込めておくという方法をとることも可能だった。そうせずに、凜を親元で育てることを勧めたということは、穏便に政略結婚を推し進める考えだと判断してよいだろうか。

「帝釈天を説得してくれましたね。凜を手元で育てられることになって、安心しました」

ただ、この子が生まれたら、許嫁がいると伝えなければならない。どのように話せばよいのか、今から頭を悩ませてしまう。

柊夜さんに背を支えられ、私たちは運河に停泊していた舟に乗り込んだ。

船頭が舟を漕ぐと、船体はゆっくり運河を航行していく。善見城を離れ、夜叉の居城に戻るために。

隣に座って私の肩を抱いた柊夜さんは、深い溜《た》め息をついた。

「俺も家族で暮らせることに安堵したが……それも成人するまでだ。凜が大人になったら、なんと言い出すのか想像すると今から悩ましい」

「丸く収まるといいですけどね」

ひとまず政略結婚は先延ばしにされた。鳩槃茶にも思うところがあるのかもしれない。いくら主である帝釈天の命令とはいえ、まだ生まれていない子を花嫁にするのは是非とも言いがたいだろう。

子どもたちの将来についても不安が尽きないが、私は心に引っかかっていたことを口にする。

「柊夜さんのお母さんのことですけど……うやむやにされてしまいましたね。御嶽さまと意見の食い違いがありましたけど、真実はどうなのでしょう」

帝釈天の苛立《いらだ》った様子を見ると、身に覚えがあるのではと勘繰ってしまう。だが、自白させるのは難しいだろう。

柊夜さんは腕に力を込めて私の体を抱き寄せる。彼の逞《たくま》しい胸に頭を預ける格好になり、頬が朱に染まったとき。

「あかり。きみはもう、神世に来るな」

突然の台詞に瞠目する。

なぜ、急にそんな話をするのだろう。

「え……どうしてですか？」

「母の死は悲しい出来事だった。だが、なぜ彼女が死に至ったかというと、人間だからだ。帝釈天は夜叉の血族は同胞として認めるが、人間の花嫁は認めないという見解を持っている。それが先ほどの謁見でよくわかった。だからこそ、あかりはもう神世を訪れるべきではない。今回は夜叉姫を宿しているから無事で済んだが、凜を出産したら、危険な目に遭うかもしれない」

切々と訴える柊夜さんの声を聞いているうちに、私の心は冷たい水で満たされるような心地がした。それはどこか切なくて、寂しいものだった。

柊夜さんと御嶽さまは、もはや犯人を追及するのではなく、その先を見据えているのだ。すべては家族のために。

「……わかっています。凛が生まれたら、またあやかしが見えなくなりますしね。これで最後かと思うと、少し寂しいですけど」

意図せず涙声になってしまい、唇を噛みしめる。

柊夜さんは空いたほうの手を、私の手の甲に重ね合わせた。

「すまない。きみを守るためだ。母が犠牲になったことを繰り返したくない」

私は何度も頷いた。柊夜さんの想いは、よくわかっているから。

思いを巡らせていた私は、ふいに耳に届いた不気味な音に顔を上げる。

――オオオォ……。

空気を裂いて鳴り響く音色に怖気が立つ。

風の唸《うな》りのようだが、周囲に強風は吹いていない。

「なんの音でしょう？」

「あれは……」

柊夜さんは険しい表情で前方を見据えた。運河の彼方から、不穏な気配が漂ってくる。見上げると、曇天は血のごとく赤く染まっていた。

その雲に一点の影が生じる。

疾駆してきた鳥は、こちらに向かってきた。

「コマ！」

私が手を掲げると、猛然と羽ばたいてきたコマは崩れ落ちるように舟に落下した。

とっさに両手ですくい上げる。

コマは疲弊しきった様子で羽をだらりと広げていたけれど、すぐに身を起こした。

「ピッ、ピギッ、ピピ――ッ」

必死の訴えには切迫したものを感じる。

まさか、悠たちの身になにか起こったのだろうか。

「コマ、城でなにかあったのね？」

ただならぬコマの鳴き声に、柊夜さんは腰を浮かせた。

そのとき、柳の揺れる運河沿いの道を異様なあやかしが向かってきた。

泥人形のような土気色の体に虚《うつ》ろな目をして、両腕をさまよわせている。まるで感情のないゾンビみたいだ。

よろけながら数体で群れている彼らは舟へ近づこうとして、運河縁から足を踏み外した。水飛沫《みずしぶき》が上がり、もがきながら水中に沈んでいく。

「えっ……!? このあやかしたちは何者ですか?」

「泥人《どろびと》だ。餓鬼《がき》の一族が使役するために生み出すしもべだ。泥人に意思はなく操られているだけだが、捕まったら殺される危険があるぞ」

不安を覚えた私の鼓動が早鐘のごとく鳴り響く。

ややあって、蛇行《だこう》した運河を曲がると夜叉の居城が見えてくる。

「柊夜さん、城が……!」

壮麗な天守閣は泥に塗られていた。

すでに城門は破壊され、束となった泥人が城内へ侵入しているのが遠目にうかがえる。彼らの呻《うめ》き声が苦悶の呪詛《じゅそ》のごとく木霊《こだま》していた。

凄惨《せいさん》な光景を目にした私は愕然とした。

柊夜さんは息を呑むと、真紅の双眸を燃え立たせる。

「なんということだ……おのれ、餓鬼め!」

柊夜さんの体から、殺気が漲る。

コマはこの危機を知らせたくて飛んできたのだ。城に残してきた子どもたちは無事なのか。

「悠たちは無事でしょうか!? 早く、城に……」

夜叉の城は目前なのに、恐怖に駆られた様子の船頭は舵《かじ》を放り出して平伏した。舟はその場に停止してしまう。

「きみたちは、ここで待機していてくれ。泥人は泳げないから舟に乗っていれば安全は確保できる。コマ、頼んだぞ」

私の肩にとまったコマは、頷くように頭を低くする。

彼は、ひとりで子どもたちの救出に向かうつもりなのだ。

「柊夜さん……ひとりで行くんですか？　私も――」

言いかけた私の肩を両手でしっかりと抱いた柊夜さんは、真紅の双眸をまっすぐに向ける。

「必ず戻る。きみは腹の子を守ってくれ」

私には、お腹にいる凜を守るという役目があったことを思い出す。

無理についていき、彼の足手まといになってはいけない。

「わかりました。凜は必ず守ります。悠たちを、お願いします」

毅然としてそう告げると、ひとつ頷いた柊夜さんは強大な神気を発する。鬼の角と牙が顕現した。剛健な肉体の発露により、シャツがはだける。

強靭《きょうじん》な脚力で舟から飛び上がると、運河沿いの道に着地し、瞬く間に城へ駆けていった。

群がる泥人をなぎ倒し、夜叉となった柊夜さんは城門へ辿り着く。

ところが行く手を塞ぐかのように、仁王立ちになっている男がいた。甲冑《かっちゅう》で巨躯を武装し、白銀の髪を煌めかせる猛々しい鬼神は、八部鬼衆のひとりである薜茘多だった。

この泥人たちを使って夜叉の城に攻撃を仕掛けているのは、やはり餓鬼の頭領とも謳われている薜茘多の仕業なのか。

私は放り出されている舵を手にすると、舟を漕いで移動させた。船頭は片隅で震えている。

位置を変えると、階段の上にある広場が城壁の隙間から見えた。

泥人が殺到するそこに、悠の姿を見つける。

「悠——……！」

必死に呼びかけるが、泥人の呻き声にかき消される。

かがんでいる悠を守るように、風天と雷地が両腕を広げて立っていた。

泥人は襲いかかろうと手を伸ばすが、見えない壁に遮られて広場に踏み込めない。

どうやら夜叉の結界と、ふたりの妖力のおかげで侵入を防いでいるようだ。

安堵の息をこぼしたとき、不敵な笑みを見せる薜茘多が柊夜さんの行く手に立ち塞がる。

「ようやく来たか、夜叉。随分と遅かったな」

「どういうつもりだ、薜茘多。俺の城を攻撃した報いを受ける覚悟はできているのだろうな」

「ほざけ！　貴様には苦渋を舐《な》めさせられてばかりだ。裏切り者の分際で帝釈天に娘を献上し、さらなる地位を手に入れるだと？　そんな横暴が許せるか！」

白銀の髪を振り乱した薜茘多は牙を剥《む》く。

対峙《たいじ》した柊夜さんは、鋭い双眸で餓鬼の頭領をにらむ。

「横暴なのは、そちらのほうだ。今すぐに撤退しろ。さもなくば、八部鬼衆の椅子がひとつ空くことになる」

「なんだとぉ……貴様は俺を誰だと思っている。俺が夜叉一族を消し去ってくれるわ！」

ふたりの鬼神は拳《こぶし》を繰り出し、激しく殴り合う。

地が揺れ、咆哮《ほうこう》が轟《とどろ》く。

鬼神たちの戦いのさなか、風天と雷地は結界を死守している。

結界に弾かれた泥人が砕け散り、その肉塊《にっかい》を踏みつけて新たな泥人がまた押し寄せる。積み上げられた泥濘《でいねい》が結界をゆがませた。両手を広げているふたりの体が、ぶるぶると震えている。

「雷地……わたくしは、もはや耐えきれません」

「……風天、諦めてはなりません。わたしどもの、使命を、最後まで、果たすのです」

雷地が掠れた声で言い切った、その瞬間――。

辺り一帯に破裂音が鳴り響く。弾けた青白い破片が飛散した。

「結界が、破られた――!?」

愕然とした私は、とっさに舵を切る。

柊夜さんは薜茘多と戦っており、子どもたちのもとへ駆けつけられない。私が悠たちを助けないと。

「ピィ――!」

コマの悲痛な鳴き声が響く。

お腹の子を守ると約束したのだから、行ってはいけない。でも向かったとしても、とても間に合わない――。

絶望が胸を占め、涙があふれそうになる。

結界が破壊され、広場に踏み込んだ無数の泥人が子どもたちに襲いかかった。

「悠さま!」

羽衣を翻した風天が悠に覆い被さり、その身を守る。

泥人の凶器にも似た腕が振り上げられた。

ふたりの前に毅然と立ちはだかった雷地は、腕を広げる。

――ガシャン……。

重い石が砕ける音が無情に鳴り響いた。

そこには、粉々に割れた石のかけらが散らばっていた。

「ら、雷地――！」

私の叫びが混沌《こんとん》とした戦場を突き抜ける。

絶望の中、薜茘多が哄笑《こうしょう》を轟かせた。

「ざまをみろ。泥人よ、夜叉の子も肉片にしてしまえ」

「貴様……！」

怒りを漲らせた柊夜さんは薜茘多の腕を掴み上げると、強かに巨躯を石床に打ちつけた。轟音《ごうおん》とともに薜茘多が呻く。

だが悠のもとへ駆け寄ろうとする柊夜さんに、足払いがかけられた。

かろうじて転倒をこらえた彼だが、体勢を崩してしまう。そこへ身を起こした薜茘多が拳を叩きつけた。

鬼神の苛烈な戦いは終わらない。

私は必死に舟を漕いだ。もう少しで城に到達する。

そのとき、城壁から飛び移ってきた泥人が船縁を掴んだ。

「あっ……！」

いけない。敵の侵入を許してしまった。

衝撃で舟はぐらぐらと揺れる。泥人に腕を掴まれ、恐ろしい腕力で引っ張られる。

「は、離して！」

叫んだそのとき、眩《まばゆ》い光が発せられる。

目の前にいた泥人の体が音もなく崩れ落ちた。

唖然とした私はコマを抱き寄せる。光に包まれた舟には、いつの間にかひとりの女の子が立っていた。

「え……誰なの？」

凛然として佇む彼女は腰まである長い黒髪で、セーラー服を着ていた。年頃は中学生くらいだろうか。この子が助けてくれたのだ。

こちらを振り向いた彼女の端麗な顔立ちに、はっとする。

「あなたは、まさか……凛――!?」

彼女の瞳の奥には、真紅の焔が宿っている。悠と同じ目の色だ。なにより、整った顔立ちが柊夜さんによく似ていた。

凛と思しき女の子は、感情のない表情で口を閉ざしている。

私のお腹に凛はいるので、この姿は幻影なのだ。悠の幻影も闇の路や洞窟に現れたことがあったけれど、まさか成長した姿の凛にも会えるなんて。

「凜なのね。そうなんでしょう?」

答えは返ってこないとわかっているが、感極まって問いかける。

無言の凜は腕を掲げて円を描く。すると、舟はゆっくり岸辺へ向かった。

広場に目を向けると、無防備になった風天と悠が泥人に取り囲まれている。

ぎゅっと、風天が悠を抱きしめる。

魔の手が伸びたそのとき、高らかな馬のいななきが響き渡る。

突如として現れた白馬は前脚を蹴り上げ、泥人の群れをなぎ倒した。

「あの馬は……!」

見覚えのある白馬は、鳩槃茶のしもべであるシャガラだ。

馬上から槍を構えた鳩槃茶が一閃《いっせん》を放つ。すると泥人たちは脆《もろ》くも崩れ落ちた。

薜茘多と同じ眷属であるはずの鳩槃茶が、なぜ助けてくれたのだろう。

それを見ていた薜茘多は激高した。血に染まった拳を柱に叩きつける。

「鳩槃茶、なぜ邪魔をする! 貴様は俺に加勢すべきだろうが!」

「退《ひ》け。この襲撃を帝釈天さまはご承知なのか? そうでなければ、のちほど痛い目を見るのは薜茘多のほうだ」

指摘された薜茘多は、ぐっと牙を噛みしめる。

シャガラが「ブルルル……」と威圧に満ちた唸り声をあげると、泥人たちの体が欠けていった。足元に溜まった同胞の残骸に足を取られ、次々と汚泥に突っ伏していく。

敗北を悟った薜茘多は身を引いた。血を流した体を翻しながらも怨嗟《えんさ》を吐く。

「貴様らばかりうまい汁を吸いやがって……決して許さぬ！」

頭領が逃げ去ると、残されていた泥人たちは糸が切れたようにその場に崩れ落ちた。

溶けていく泥の塊《かたまり》を悲しい思いで見つめていた私は、岸辺にやってきた柊夜さんにてのひらを差し出される。

「あかり。怪我はないか」

「私は平気です。……柊夜さんが傷だらけじゃないですか」

薜茘多と戦った彼は血を流し、ひどい傷を負っている。

幻影の凜は、ふわりと飛び上がり岸辺に降り立った。

凜を目にした柊夜さんは驚きに目を見開いたが、すぐに幻影だと気づいたようで、冷静に私の手を取り、舟から降ろす。

私たちは破壊された城門を通り、悠たちのもとへ駆けつけた。

悠と風天は身を寄せ合いながら、呆然としてその場に座り込んでいた。

「無事でよかった……。風天、悠を守ってくれてありがとう」

「……わたくしは、夜叉のしもべとして当然のことをしたまででございます」

悠を抱きしめると悲しげに眉を下げ、私にぎゅっとしがみついてきた。

そのとき、シャガラから下りた鳩槃荼が瞠目してこちらを見た。

彼の眼差しは、まっすぐに私のそばに立っている凛へと注がれている。

「……夜叉姫」

ふたりの視線が絡み合う。

凛はその瞳に鳩槃荼を映してはいるが、なにも答えない。本体はお腹の中にいる胎児なので、幻影の彼女は口がきけないのだった。

ふっと、幻影の凛は鳩槃荼から視線を逸らす。彼女は風天のもとへ歩を進めた。

風天の足元には、砕けた石と化した雷地の亡骸《なきがら》があった。

「柊夜さん、雷地をもとに戻せますか？」

あやかしの石像なので、もとの姿に修復可能だろうか。

ところが柊夜さんは悲しげに双眸を細めた。

「雷地は単なる石像とは異なる。人間と同じで、粉々になってしまえばもう……よみがえらせることはできない」

「そんな……それじゃあ、雷地は……」

私の驚愕を、風天が引き継いだ。彼女は冷静な声音でつぶやく。

「雷地は、死にました」

広場に沈痛な静寂が満ちる。

この戦いで、雷地が犠牲になってしまった。

風天はいつもと変わらない無表情で、雷地の亡骸を見つめた。

「なぜ雷地は、あえてわたくしの前に立ったのでしょう。悠さまはわたくしが守っていました。泥人に破壊されるのは、わたくしのはずでした」

「雷地は、風天を助けたかったのよ。彼は悠だけでなく、つがいのあなたも守りたかったんだわ」

つがいであるふたりは、いわば夫婦という関係だ。いつも一緒にいるふたりには、夫婦としての絆があるはずだった。

けれど、当の風天には悲しみの色が見えなかった。

さらりと石の粉じんが、風に煽《あお》られて舞い散っていく。

柊夜さんは膝をつき、かつて雷地だったかけらたちを風にさらわれないよう、てのひらで覆った。

「すまない、風天。俺の至らなさで雷地を失ってしまった」

「夜叉さまが謝るなど、もったいないことでございます。わたくしども鬼神のしもべは主のために死してこそ、役目を全うしたという証ですから」

悠は私の腕から下りると、父親と同じように石のかけらに手をかざす。

小さな手から、ふわりとした光が発せられた。

だが、冷たい石は回復しない。治癒の手であっても、完全に滅した者には効かないのだ。それは雷地が死んでしまったことを、無情に表していた。

「あう――……」

「もう一度、おまえたちと同じ石からしもべを生み出そう。そのしもべを、風天の新たなつがいとする」

柊夜さんの提案に、風天は金色の目を伏せた。

「それはけっこうでございます。たとえ似ていても、そのしもべは雷地ではありませんから。……ですがもし、雷地を別の形でよみがえらせるのだとしたら、彼には人間に生まれ変わってほしいです」

「人間に？　なぜだ」

「あるとき雷地は天を見上げて、『現世に暮らす人間は石に戻ることがないのです』と話していました。もしかしたら雷地は、人間に憧れていたのかもしれません」

「なるほど。おまえたちは現世に行ったことがなかったな……」

そのときの雷地は見たことのない世界に憧れを抱いたのかもしれない。自分も人間になれたならと、ふと思ったのかもしれない。

できるなら、雷地の願いを叶えてあげたい。

けれど、人間に生まれ変わるといっても、どうやって……。

すっと進み出た凜が、石のかけらを両手ですくい上げた。

彼女のてのひらから、砂のごとくさらさらとこぼれ落ち、最後に小さな光が残る。

まるで命の核のようなその光を、凜は天に捧げた。

ふわりと、光は空へ昇っていく。

曇天の隙間から、陽の光が射し込んだ。

私たちは瓦礫《がれき》の中で、光の階段を上っていく雷地の命のかけらを、静かに見上げていた。

小さな光が、神世の空の向こうに消えて見えなくなるまで。

第三章　10か月　夜叉姫の誕生

子どもたちの喧噪が耳に届き、意識が引き戻される。

手元には洗いかけの悠のマグカップとスポンジがある。慌ててシンクのレバーを押して、出しっ放しになっていた水流を止めた。

キッチンに佇んだまま、しばらく呆然としていたようだ。平穏な日常に戻ってきても、ふとしたときに神世で起こった出来事を思い返してしまう。

生まれてくる凜を政略結婚の花嫁とすること。そして、雷地を失ってしまったこと。

あれからすでに二か月が経過しようとしているが、衝撃を受けた数々の事柄が未だに脳裏から消えない。

襲撃を受けたあと、破壊された城の後片付けをした私たちは現世へ戻ってきた。

もっとも悲しむべき風天は最後まで涙を見せず、どんな慰めの言葉をかけても淡々としていた。

それからも柊夜さんは何度か神世へ赴き、今回の件について処理したようだが、詳しいことは教えてくれなかった。もはや私にできることは、なにもないのかもしれないと無力さを覚える。

妊娠四十週に入った私のお腹は大きく突き出ていた。キッチンに立つとお腹がつかえるのでシンクが遠く、洗い物がやりづらいほどだ。

もう赤ちゃんは、いつ生まれてもよい週数に到達した。そして出産を終えてしまうと、私の胎内から神気が消え去り、あやかしが見えなくなる。

悠のときはしばらく神気が残留していたが、今度もそうとは限らない。柊夜さんと相談した通り、私が神世に赴くのは、あれで最後にするべきなのだ。家族のためにも。

神世のあやかしはおろか、病院から家へ戻ってきたときにはもう、ヤシャネコが見えていないかもしれない……。

つと振り返り、リビングで積み木遊びをしている悠とヤシャネコのそばに行く。

悠は縦長の積み木のふたつを並べると、ヤシャネコに話しかけた。

「ぷう、あい。いっちょ、いるの」

「風天と雷地にゃん？　いつもふたり一緒にいたにゃんね……。かわいそうなことになったにゃ……」

しんみりとつぶやいたヤシャネコは金色の目を伏せる。

夜叉の居城での顛末《てんまつ》を聞いたヤシャネコは、雷地という仲間を失ったことを悲しんだ。悠はといえば、現世に戻ってきたら何事もなかったようにけろりとして保育園に通っている。

まだ小さいので、忘れてしまったのかとも思ったけれど、そうではない。やはり彼の心の中にはあのときの光景が鮮明に残り、それを昇華しようとしているのだった。

積み木のひとつを手にした悠は、それをヤシャネコに差し出した。

「おいらにくれるにゃん？」

「ん」

悠があげた積み木は、雷地に見立てたほうだろうか。

石像のかけらから、幻影の凜が取り出した光は天へ昇っていった。

命の核のようなあの輝きは、どこへ……。

受け取った積み木を大切そうに丸めた尻尾で抱き込んだヤシャネコは目を細める。

膝をついた私は、静かにヤシャネコに語りかけた。

「ヤシャネコ。悠と凜を、お願いね」

神妙さがにじんでいたのだろう。不思議そうな顔をしたヤシャネコは私を見上げた。

悠の肩にとまっていたコマは首を巡らせ、ぱちりと瞬きをする。

「それに、コマも。ふたりを頼んだわよ」

「……あかりん。どうして急にそんなこと言うにゃん？　あかりんは、おいらたちを置いてどこかへ行くつもりにゃん……？」

戸惑いを見せたヤシャネコの問いかけに、微苦笑を浮かべて首を横に振る。

「どこにも行かないよ。でも、私は人間だから、出産したらあやかしや神世のことにかかわれなくなると思う。あなたたちは夜叉のしもべだから、いつもふたりのそばにいられる。だからこの先も、子どもたちを助けてほしいの」

すでに覚悟はできていた。家族が見えている世界を、私だけが認識できなくなる。

それに疎外感を覚えてはいけない。私はここにいるみんなの母親なのだから、家族の居場所を守るのが役目だ。

すくっと立ち上がったヤシャネコは、金色の目をまっすぐに向ける。

「もちろんにゃん！　おいらは大事な家族を守るにゃんよ。そうにゃんね、コマ」

「ピピッ」

コマも力強く鳴いて同意を示す。

彼らがいてくれれば安心だ。

「ありがとう、ふたりとも」

安堵して感謝を述べると、そんな私をじっと見つめていた悠があくびをこぼした。

彼は眠そうに目を擦っている。

時計を見やると、もう寝る時間を越えていた。

「悠、そろそろ寝ようか」

「やん」

むくれたように唇を尖らせ、積み木を手にしている。

これには理由があって、残業でまだ帰ってこない柊夜さんを待っているのだった。

遅いときは先に寝ているようにと柊夜さんは言うのだけれど、パパが大好きな悠は玄関で出迎えるまで一日が終われないらしい。

「じゃあ、先にお片付けをしよう。風天と雷地の積み木は残していいから……っ……」

腰を上げようとした、そのとき。つきりとした痛みが下腹に走る。

耐えきれず座り込んだ私はお腹に手を当て、うずくまった。

「あかりん、どうしたにゃん?」

「……う、ん……」

痛みはさほどひどくはないけれど、胃痛などとは異なる差し込むようなものだ。

もしかして、陣痛?

けれど一瞬ずきんとしただけで、痛みは大きくなるわけではなく、収まった気がする。

出産が近づくと子宮の収縮が起こり、陣痛が始まる。陣痛の前に、おしるしと呼ばれる少量の出血があったり、破水が起こったりもするが、そうした予兆は必ず訪れるわけでもないので、予測がつきにくい。

数日前にお腹の痛みを感じたので慌てて病院へ向かったところ、前駆陣痛と診断されて帰宅したのだった。まだ予兆がないことからも、この痛みも前駆陣痛かもしれない。前駆陣痛から本陣痛に移行するケースもあるそうだが、私の場合は分娩《ぶんべん》につなががらなかった。陣痛が来たと思っては収まることを繰り返すと、そのたびにがっかりして、さらに周囲に迷惑をかけてしまう。

「まま……」

「大丈夫みたい。心配かけて、ごめんね」

不安げな表情をした悠に微笑みかける。

悠を出産したときは、神世の牢獄から脱出した直後に陣痛が起こったので、大変な状況だった。今度こそは余裕をもって、おしるしが出たことを喜び、陣痛の間隔が一定であることを確認して病院へ――と、筋書き通りに事が運べばよいのだけれど、今か今かと焦っているためか、予定通りにいかないものである。

溜め息をつきかけたとき、玄関から物音がした。柊夜さんが残業から帰宅したようだ。

「ただいま」

「ぱぱ！」

立ち上がった悠が廊下を駆けて父親を出迎える。悠を抱っこした柊夜さんはリビングへ入ってきた。

「おかえりなさい、柊夜さん」

「ただいま、あかり。……なにか、あったのか？　ひどく疲れているようだが」

そんなに疲れているわけではないのだが、出産の心配が顔に出ているのだろうか。

抱っこされている悠は、柊夜さんのスーツの襟を掴んだ。

「まま、いたいいたいなの！」

「ふむ……。ヤシャネコ、少し悠を頼む」

「わかったにゃん」

私に異常があったことを、悠は伝えたいのだ。

そっと、お腹に手を当てて状態を確認する。腹部には鈍い痛みがあるけれど、我慢できないほどではない。

柊夜さんは悠を下ろすと、私を支えてソファに導いた。

座ると楽になった気がして、ほっとする。彼は私の下腹に目線をやった。

「腹に手を当てているが、もしかして陣痛が来たのか？」

「それが……よくわからないんです。この間みたいに前駆陣痛かもしれません。おしるしや破水もないので……この子は本当に生まれてくるんでしょうか？」

口にしてから、失言だと気づいた。私の体のせいなのに、赤ちゃんを疑ったりしてはいけない。それに、幸せな結末を懐疑的に思うこともよくないのだ。母親の心がふらついていては、赤ちゃんも私を信じられなくなってしまう。

「えっ」

でも、どうしても不安でたまらなかった。胸がざわめいてしまうのを抑えられない。

「ごめんなさい、柊夜さん。あなたとの子なのに、疑ったりして……」

目の前のヤシャネコと悠は、黙々と積み木を片付けている。悠は唇を引き結び、ヤシャネコに積み木を渡していた。それを尻尾で受け取ったヤシャネコが、無言でおもちゃ箱に入れている。

カタン、カタン、と積み木が放られる音色が沈黙に占められた室内に響く。

私の不安が子どもたちに伝わっていることを肌で感じる。そんな母親じゃ駄目だと思うと、さらに気分は落ち込んだ。

すると柊夜さんは、ぎゅっと私の体を抱きしめた。

「……柊夜さん？」

「必ず、無事に生まれてくる。なぜなら、俺の子だからだ」

「そうですよね。信じています」

旦那さまに抱きしめてもらうと、ざわめいていた胸が落ち着きを取り戻す。深呼吸した私は、体に回されている強靱な腕に手を添えた。

「不安にさせて、すまない。政略結婚の件や、雷地を失ったことなどでショックを受けただろう。あの頃から、きみは浮かない顔をしていた」

「あ……」

様々な懊悩《おうのう》を抱えていたことを思い出す。

けれど、それらはいずれ私の手の届かなくなる領域なのだと察していた。

夜叉一族を巡る今後のことは、柊夜さんと子どもたちに引き継いでもらうことになる。そのためにも、私は母親としての務めを果たさなければならない。

「私はもう、神世に直接かかわれないと思っています。そうだとしても、みんなの幸せを願っています。私にできるのは、凜を無事に出産して、子どもたちを育て上げることだけです。本当は、わかっているんです」

思いの丈を伝えると、柊夜さんはつるを押し上げて眼鏡を外し、真紅の双眸を露わにする。

美しい焔に見惚《みと》れていると、精悍な顔が傾けられた。優しく唇が触れ合い、くちづけが交わされる。

まるで神聖な誓いのキスのように胸に染みた。

「愛している。……これは約束だ」

「え……なんの約束ですか？」

「きみが、幸せな一生を送るという約束だよ」

ふっと笑みを浮かべる柊夜さんに、愛しさが込み上げてくる。

たとえ神気を失ったとしても、私の家族を守り抜いていこうという思いが胸に刻まれた。

「ありがとう、柊夜さん……。あなたと結婚できて、幸せです」

そう告げた刹那、また差し込むような腹痛が襲ってくる。

今度のものは、先ほどとは比べものにならないくらいの痛みだった。

「いたっ……」

お腹を抱えてうずくまる。もしかして、本当に陣痛がきたのかもしれない。

「あかり!?　すぐに病院へ行こう。歩けるか？」

「うう……待ってください。お手洗いに……」

なぜか股が濡れた感触があった。破水したのだろうか。

柊夜さんに抱えられ、どうにか立ち上がり、お手洗いへ入った。

破水したのなら、すぐに病院へ向かって分娩という流れになるはず。これは無事に出産できる予兆だと心に念じる。

ところがショーツを下ろして便座に座ると、股から大量に液体が流れた。

それを目にして、細い悲鳴をあげる。

「ひっ」

血だ。

真っ赤な鮮血が目に飛び込み、愕然とする。

おしるしどころの量ではない。月経よりも出血量が多かった。

「どういうこと……？　なんでこんなに、血が出るの？」

妊娠後期に大量に出血するなんて尋常ではない。これは胎盤の血液なのか。それともまさか、赤ちゃんの血……？

目眩《めまい》がとまらない。呼吸が浅く速くなり、息継ぎすら覚束なくなる。

私の赤ちゃんはどうなってしまうのだろう。まだお腹にいるのに、大丈夫なの？　呼吸できているの？

危機を知らせるかのように、腹部に激痛が走る。身が捩《よじ》れるほどの痛みが襲い、体を小刻みに震わせた。とても立ち上がれず、呻き声しか出せない。

「うう……うあぁ……」

無事に赤ちゃんが生まれると信じていたはずなのに、その幸せがひどく遠い。

出血したためか、頭がぐらりとして、意識が朦朧《もうろう》とする。

柊夜さんに、知らせないと……。

そのとき、ドアがノックされる音が響いた。

「あかり、支度ができたぞ。具合はどうだ」

「しゅう、や……うう……」

呻き声を聞いた柊夜さんは、すぐさま扉を開け放った。うずくまっている私の姿に目を見開く。

「血が……すごく出て……うぅぅ」

棚からナプキンを取り出した柊夜さんは私の衣服を素早く整える。

事態は切迫していた。赤ちゃんの命にかかわる出血だという予感が走る。

私を抱えた柊夜さんはお手洗いから出た。

「あかり、頑張るんだ。凜はもうすぐ生まれるぞ」

「柊夜さん……私たちの、赤ちゃんが……お願い、死なないで……」

腹部の激痛と心の軋《きし》みに苦しみながらつぶやく。眦から流れた涙が頬を伝う。

病院へ向かいながら、私はひたすら赤ちゃんの無事を祈った。


――ふぇぁ……。


可愛らしい声がする。ふと瞼を開けた私は、ベッドの横に目を向けた。

そこでは、生まれたばかりの女の子が新生児用のベッドでばんざいをしていた。

まだとても小さな娘の顔を見て、命が誕生した喜びを噛みしめる。

生まれてきてくれた――。

長い妊娠生活と、そして出産を終えた到達感に包まれた。

脱力しかけるけれど、泣いている赤ちゃんはおっぱいを欲しがっている。子どもが生まれると感慨に浸っている暇もないもので、体を起こした私はおくるみごと娘を抱きかかえた。

ベッドに腰を下ろし、ぱんと張った胸の突起を赤ちゃんの唇に寄せる。

目をつむっているのに、赤ちゃんは俊敏に乳首を口に含んだ。

すると、すうっと魂を吸い取られるような、懐かしい感覚がよみがえる。これが母乳が出ている証なのだろう。

「ふう……。生まれてきてくれて、ありがとう。ママは幸せだよ」

凜はおっぱいを飲むのに夢中だけれど、ひとまず我が子への感謝を伝える。

一時は大量に出血して危険な状態に陥ったが、赤ちゃんは無事だった。

柊夜さんに抱きかかえられて病院に到着した私はすぐに産室へ運ばれ、医師や助産師に囲まれて分娩に入った。

出血したのは胎盤が剥《は》がれてしまう常位胎盤早期剥離が原因で、経過が順調であっても稀《まれ》に起きるらしい。もし様子を見ようとして時間が経過しすぎていたら、胎児は酸素不足に陥っていた。命も危うかったかもしれない。

すぐに病院へ行く決断をした柊夜さんの判断がよかった。

出血が多かったものの子宮口が開いていたため経膣《けいちつ》分娩となり、産道を通った凜は大きな産声をあげてくれた。

定石通りの出産とはいかなかったけれど、もっとも大事なのは、赤ちゃんが生きていてくれることだ。妊娠したら当たり前に産めるわけではないという過酷さを、私は輸血をしながら思い知ったのだった。

たっぷりおっぱいを飲んだ凛は、ふうっと眠るように乳首を離す。固く張っていた乳房は母乳を出したため、柔らかくなっていた。

ひと息つくと、病室の扉がノックされる。

「まま！」

柊夜さんと悠が入室してきた。私の顔を見た悠は声を輝かせる。突然のママの異変を見て、きっと不安に思っていたことだろう。

ふたりとも病院へ付き添ったあと、出産する深夜まで待っていてくれたのだ。

赤子を抱いている私を目にした柊夜さんは、安堵の表情を浮かべた。

「無事でよかった」

その言葉に感極まり、涙ぐんでしまう。

ふたりめの子なので、それだけ感動する余裕ができたということだろうか。もしくは、これまでに私たちが手を取り合い、ともに乗り越えてきたものが大きかったのかもしれない。

「柊夜さん……生まれました」

輸血するほどの難産だったので、産後はすぐに家族と会えなかった。柊夜さんは医師からすべての経過を聞いて状況を把握しているのだけれど、私の口からはありきたりの言葉しか出てこなかった。

赤ちゃんの顔を覗き込んだ柊夜さんは、指先で私の髪を優しくかき上げる。

「俺の子を産んでくれて、ありがとう」

頬にくちづけされ、かぁっと顔が朱に染まる。

柊夜さんとの触れ合いは、いつでも私の胸にぬくもりをもたらした。

夜叉の子を、産んでよかった。心からそう思えた。

「抱っこしてもいいかな。悠にも妹の顔を見てもらおう」

「もちろんです。お腹いっぱいだから起きないと思いますけど、そっと抱いてくださいね」

「げっぷはしたのか？　まだ首が据わっていないから縦抱きはできないな」

柊夜さんはそっと私からおくるみに包まれた娘を受け取り、椅子に腰かける。そして赤ちゃんの頭を腕にのせるように抱きかかえ、背中に回した手でやんわりとさする。

悠を抱っこしてミルクをあげたり、寝かしつけていたから手慣れたものだ。

背伸びをした悠は、柊夜さんの膝にしがみつく。

「悠、ごらん。おまえの妹だ。女の子だから、夜叉姫だな」

「やちゃいめ?」

悠は不思議そうに瞬き、初めて妹の顔を見る。

うっすらと目を開けた赤ちゃんの瞳の奥には、真紅の焔が宿っていた。

やはり、この子も悠と同じように、夜叉の血を色濃く受け継ぐ。

そして成長したら、夜叉の居城で助けてくれた黒髪の夜叉姫となるのだろう。

あのとき、夜叉姫と鳩槃荼は惹《ひ》かれ合うかのように、互いに見つめ合っていたことが脳裏をよぎる。

「娘だから、年頃になったらパパは嫌われそうだな……。そのときが来たら、相当なショックを受けそうだ」

「柊夜さんったら、まだ早いですよ」

楽しげに未来のことを語る柊夜さんに笑いかける。

政略結婚が気がかりではあるが、まだ先の話だ。それに二十年ほどの時が経てば、状況は変化するかもしれないのである。

凜が大きくなったら、少しずつ話していこう。夜叉の血族であること、そして許嫁がいることを。

柊夜さんは生まれた赤子を笑顔であやしている。

愛する家族を目を細めて見つめた私は、幸福な未来を思い描いた。

出産してから数日が経過し、退院の日が近づく。

赤ちゃんの名前は当初の予定通り〝凜〟として、柊夜さんが役所に出生届を提出した。

子宮収縮の痛みはかなり収まってきたし、出血も止まった。産後は順調に回復している。

凜はよくおっぱいを飲んでは眠ってくれるので、健やかに育ってくれそうで安心した。

夜中も数時間おきに授乳するので寝不足に陥ってしまうけれど、わずか一年ほどの労苦と思い、どうにか耐え抜こう。

「柊夜さんも手伝ってくれるしね……。赤ちゃんにおっぱいをあげられる幸せを噛みしめよう」

ベッドに横になりながら、我が子の顔を眺めて小さくつぶやく。

ふわりとした黒髪に、ぴたりと閉じた薄い瞼。ぷっくりしている唇は形が整っていて、柊夜さんにそっくり。いつまで見ていても飽きないから不思議だ。

そのとき、とても小さなノックが鳴り、細い声が耳に届く。

「失礼します、高梨です」

身を起こすと、部屋に入ってきたのは同僚の高梨さんだった。

「高梨さん！　わざわざお見舞いに来てくれたんですか？」

「突然、すみません。予定日をうかがっていましたから、そろそろかなと思って、鬼山課長に教えていただきました。ご出産、おめでとうございます」

柔らかな微笑を浮かべた高梨さんは、生まれた凜を目を細めて見やる。

その表情には一種の安堵が含まれていた。

椅子に腰を下ろした彼女は、赤ちゃんを起こさないためか、小声で話す。

「実は、星野さんが仕事に復帰する前に、お伝えしておこうと思いまして」

「はい……どうしたんですか？」

一拍置いた高梨さんの顔に緊張が生じる。

けれどすぐに彼女は喜びを浮かべた。

「わたしも、妊娠したんです。まだ二か月なので、安定期に入っていないですけど」

「そうなんですか⁉　おめでとうございます！」

妊娠について悩んでいた彼女が懐妊したのは喜ぶべき吉事だ。

高梨さんは嬉しそうに頬をほころばせた。

「妊娠がわかったとき、星野さんにお腹をさわらせてもらったことを思い出しました。きっと、この子に力をもらえたおかげです」

高梨さんがお腹に触れたとき、凜の初胎動があったのだ。

「そんなことありませんよ。赤ちゃんが、高梨さんを選んで……」

言いかけた私は、とあることに気がつく。

凜の胎動には、偶然とは思えない状況がたびたびあった。

政略結婚の話に及んだとき、そして夜叉の居城では成長した姿を現した。いずれも外の世界へ語りかけるようなタイミングだった。

そのとき、眠っているはずの凜が左手を上げた。なにかを求めるかのように、握った拳をさまよわせる。

「あら。おばさんと握手してくれるの？　子どもが生まれたら、お友達になってね。お母さんと約束したのよ」

朗らかな笑みを浮かべた高梨さんは、小さな凜の拳にそっと触れる。

すると、孕んでいる彼女のお腹が、ぽう……と淡い光を発した。

まるで光の核が胎内に宿っているみたいだ。

幻影の凜が、破壊された雷地のかけらを取り出したときの光と同じものに見える。

高梨さんはお腹が光っていることに、まるで気づいていないらしい。

私は、ごくりと息を呑んだ。

妊娠二か月というと、夜叉の居城が襲撃された頃に妊娠したことになる。

あのとき、凜が天に放った光の核が、高梨さんの胎内に入ったのだとしたら……。

高梨さんが妊娠した子はもしかして、雷地ではないだろうか。

そう言いかけた私は口を噤《つぐ》んだ。

せっかく妊娠して喜んでいる高梨さんに、その子はあやかしかもしれないなんて言えない。それに、すべては偶然かもしれないのだから。

凜の手が、そっとシーツに下ろされた。すると高梨さんのお腹が発していた淡い光も、すうっと消える。

それを見た私は重い口を開いた。

「……高梨さん。もし生まれてきた子が、人とは違う不思議な能力を持っていたとしたら、その子を愛せますか？」

突然の問いかけに、彼女は瞬きをした。だがすぐに、決意を込めた表情で頷く。

「もちろん、どんな子でも我が子ですから、愛せます。わたしにはもう、これきりしかチャンスがないんです。たとえ生まれてきた子が障がいを持っていたとしても、不思議な力があっても、大切に育てます」

高梨さんからは、並々ならぬ覚悟が漲っていた。

長い間、妊娠と出産を望み、ようやくそれが叶えられる彼女には愚問だったと悟る。

高梨さんはお祝いの品を置いて、帰っていった。

私は眠っている凜に、ぽつりとつぶやく。

「凜……あなたの、夜叉姫としての能力なの?」

死んでしまった雷地を、生まれ変わらせることができるのだろうか。

まだ遠い未来のことかもしれないけれど、いつか、あの日の悲しみを幸せに変えることができたなら。

そう願った私は凜の横に寝そべり、瞼を閉じた。

やがて日が暮れ、窓の外には夜の帳《とばり》が降りる。

消灯後の病室内は、しんと静まり返っていた。

凜は名札のついた新生児ベッドで、すやすやと眠っている。私のベッドの真横にキャスター付きの新生児ベッドを置いているので、夜中に泣いたとき、すぐに抱き上げておっぱいをあげられる。

安らかな凜の寝顔を見て、ほっとした私はベッドに入った。

けれどすぐに眠気は訪れず、昼間に高梨さんとやり取りしたことが脳裏に浮かぶ。

高梨さんの赤ちゃんが、無事に生まれますように……。

そのとき、ふと頬に風を感じた。

首を巡らせると、窓のカーテンがわずかに揺れている。

窓を閉め忘れたのだろうか。赤ちゃんの体に障るので閉めないと。

身を起こした私は、月明かりに浮かび上がる影に気づき、ぎくりとした。

「だ、誰!?」

室内に得体の知れない何者かがいる。

窓辺に佇んだ黒い影は、低い声を発した。

「ご苦労だったな、母君」

聞き覚えのある男の声音に、はっとする。

「く……鳩槃荼!」

鬼神の鳩槃荼だった。

政略結婚は凜が大人になってからということにまとまったはずだが、もしかして生まれた凜をさらいに来たのだろうか。

ベッドから飛び降りた私は、凜をかばうように覆い被さる。

「安堵せよ。奪ったりはしない。俺の花嫁の顔を見に来ただけだ」

冷静な声に、おそるおそる顔を上げる。鳩槃荼は窓辺から一歩も動いていなかった。

すらりとした体躯は彫像のごとく微動だにせず、背後で揺れるカーテンが風の流れを伝える。彼の碧色の双眸が月光の中で炯々《けいけい》と輝いていた。

「信用できぬか。では、俺は両手を上げている。妙な動きをしたら、母君は遠慮なく俺を突き刺すがいい」

そう言った鳩槃茶は胸元から取り出した短刀を、柄のほうを向けてこちらに差し出す。

私は首を横に振ると、凛を抱き上げた。

「けっこうです。凛を傷つけたりしたら、いけませんから。こうしたら、凛の顔が見えますか？」

赤ちゃんの顔が見えるように、おくるみを傾ける。

鞘《さや》に納められた短刀を懐にしまった鳩槃茶は、律儀に両手を掲げた。

「ああ。見えている」

彼は眠る凛を、瞬きもせず見つめていた。

時が止まったかのように、鳩槃茶は動かなかった。

やがて凛が「ふぇ……」と小さな泣き声をあげた。

その声を合図としたように、すっと鳩槃茶は両手を下ろす。

「二十年後に夜叉姫を迎えに来る。さらばだ」

くるりと踵を返した鳩槃茶の亜麻色の髪が揺れ、月明かりのもとに輝いた。

私はその輝きで、唐突に悟る。彼は彫像の鬼神ではなく、血肉の通った男性であり、凛を花嫁にするつもりでいるのだと。

そしてその日は、決して遠い未来ではない。

永劫の時を生きる鳩槃荼にとっては、数日後という感覚なのかもしれない。

とっさに鬼神の背に声をかけた。

「あの、あなたにお願いがあります！」

「なにか」

「いずれ、結婚したら……凜を幸せにしてあげてください」

それだけが私の望みだった。

いつか政略結婚であることや、心のすれ違いが、ふたりを隔てるかもしれない。

けれど、命をかけて産んだ娘には幸せになってほしい。

鳩槃荼が凜を慈しんでくれたなら、どんなことがあっても幸せになれるのではないかと思った。

ところが振り向いた彼は碧色の双眸を瞬かせる。

「母君の言う〝幸せにする〟とは、いかなる意味かな」

真理を問いかけるような返答に息を呑む。

鳩槃荼は平然としている。幸せの形に定義はないけれど、彼は人間にとっての一般的な幸せを知らないように見えた。

結婚すること、子どもが生まれること……どれもがとても幸福なものだけれど、私はもっとも大切と思えるものを願った。

「凜を……笑顔にしてあげてください」

「承知した」

短く告げた鳩槃荼は窓から身を翻す。ここは二階だ。

馬のいななきが夜闇に響き渡る。

窓辺に近寄ると、蹄の音とともに去っていく馬上の後ろ姿が見えた。

小さく吐息をこぼした私は、空を見上げる。

そこには白々と冴《さ》え渡る下弦の月が鎮座していた。

「鳩槃荼は、あの冷たい月のような鬼神ね。それとも優しいところもあるのかな。ねえ、凜……」

腕に抱いた凜は、うっすらと目を開けた。

彼女の瞳に月が映り込む。夜叉姫の瞳は焔と下弦の月の、ふたつを宿していた。

第四章　夜叉姫と鳩槃荼の政略結婚

ふいに昼間の月を見上げる。

勿忘草《わすれなぐさ》色の空に薄く浮かぶそれが下弦の月であることを知り、胸がざわめいた。

けれど、どこか懐かしさをも覚える。

「鬼山凜さん！　ちょっと、いいかな？」

声をかけられ、はっとして窓辺の月から視線を剥がした。

同じ講義を取っている女子学生が、笑顔で私を見ている。

こんなことは稀だった。

周囲から敬遠されている私に、友人と呼べる存在はいない。

ぎくしゃくしながらも、声をかけられたことが嬉しくて、ぎこちない笑みを作る。

「あ……な、なに。どうしたの？」

「経済学のノート、とってるよね。貸してくれない？」

彼女は両手を合わせて頼み込む。レポート提出を求められたとき、真面目にノートを記していないと慌てることになるのは定石だ。

私は鞄《かばん》から経済学のノートを探り出した。

「どうぞ」

「次の講義が終わってから貸してほしいな。お昼を挟んで経済学でしょ」

「そ、そうね。じゃあ、綺麗な字で書き込んでおくから」

「あはは、よろしく。一緒に学食に行こうよ」

彼女は楽しげに笑った。学友と話せることに昂揚《こうよう》した私は、ぱちぱちと睫毛を瞬かせる。

ともに学食へと向かうため、私たちは連れ立って講義室を出た。

大学の文学部に在籍して二年になる私は二十歳だ。入学してから、こんなに心浮き立つのは初めてかもしれない。

もしかしたら、彼女と友達になれるかも……。

淡い期待を抱いていると、彼女は気さくに話しかけてきた。

「鬼山さんって、わりとふつうの子なんだね。もっと冷たいのかと思ってた」

「そうなの？　冷たいなんて、そんなことないけど……」

外見が酷薄に見えるのは自覚している。

長い黒髪に、血を啜《すす》ったかのように赤い唇。肌が白いので、より唇の色が鮮明に浮かび上がる。

なによりも、瞳の奥に宿る紅い焔が異質だった。できるだけ人と目を合わせないようにしているが、指摘されたときには『父がハーフなの』と言ってごまかしている。

だが、嘘ではない。

私の父は、夜叉の鬼神なのである。

両親と兄の四人家族という、どこにでもある一般的な家庭を、少し違うと感じたのは保育園の頃だった。うちの猫だけは人語をしゃべり、保育園に付き添うのだ。しかもそれは家族だけの秘密にしなければならない。

それに父の実家も不思議な土地だった。神世と呼ばれるそこは動物の頭を持つ不思議な人々ばかりで、夜叉の居城はまるで殿様の城みたい。鬼の角と牙を持つ祖父の屋敷に行ったこともあるし、帝釈天と名乗る金髪の男の子に会ったこともある。あの世界で私は〝夜叉姫〟と呼ばれた。

やがて成長するに従い、鬼神とあやかしの世界を理解するようになった。鬼神の許嫁がいるとも両親から説明されたが、一度も会ったことがないので実感が湧かない。

結婚なんて、まったく考えられなかった。

夜叉の血族として生まれつき備わった特殊能力を受け入れることが、私はできていない。自分を認められないのに、結婚してパートナーを愛することができるとは思えなかった。

子どものとき、何気なく能力を使ったら、驚いた母はひどく動揺した。そして私を抱きしめると、この能力を人前で見せてはいけないときつく言い聞かせたのである。

忌《い》むべき能力――。明るい人柄で〝治癒の手〟を使いこなす兄とは違う。そんな劣等感が根強く私の心を蝕《むしば》んでいた。

本棟を出ると、学食のある棟の間には花壇が連なっている。そこから、か細い声が聞こえた。

「もし。夜叉姫さま……」

はっとして目を向けると、花壇の縁に小さなあやかしが佇んでいた。白い花弁を頭にのせた、花のあやかしだ。

あやかしの姿は人間には見えない。だから彼らと話していると、ひとりごとをしゃべっていると思われる。奇異な目で見られるので注意しなければならないことを、子どもの頃から自覚していた。

一緒に来た学友を見やると、彼女は扉の前で出くわした友人たちと楽しげに話し込んでいた。こちらに気づいた様子はない。

私は花のあやかしに、小さく返事をする。

「どうしたの？」

「お願いです。わたしのつがいを生き返らせてください」

つぶらな瞳で懸命に訴える花のあやかしのそばには、萎《しお》れた花があった。

土の栄養が足りなかったのか、枯れてしまったようだ。つがいというのは、夫婦ということ。額面通りの関係ではないかもしれないが、大切な相方なのだろう。

私は萎れた花に慎重に触れた。水をやっても復活できる余力はなさそうに思えた。

「私は、元通りに生き返らせることはできないの。でも、この花をよみがえらせることはできる。それでもいい？」

花のあやかしは大きく頷いた。緑色の手を、祈るように合わせている。

「かまいません。お願いします」

「わかったわ」

くたりと折れ曲がっている茎に指先を触れさせる。体の奥底から湧き上がる流れを感じた。指先から発せられた温かな光を、花の茎へと移す。

すると花が、光の核を浮き上がらせた。とても小さなその核は光を取り込むと、みるみるうちによみがえった。

茶色に変色していた茎は鮮やかな緑色になり、葉を伸ばす。萎んでいた花びらは、紫色に染め上げられた。

夜叉姫として生まれた私が持っている能力は、〝命を再生する〟というもの。

ただ、兄のように純粋な治癒とは異なり、もとの形とは違ったものに変化してしまう。それは私の作り出す光の核が、回復ではなく転移を根本としているから。

もちろん人間などの大きな物体に能力を使用したことはないけれど、花や虫などの小さなものをよみがえらせるのは容易にできた。

それがあやかしたちの間で広まり、こうして頼まれることがある。

母に知られると心配されるので、こっそり誰もいないところで使っているだけだ。

だが能力というものは便利なだけではなく、厄介さをも併せ持つ。

黒ずんだ紫色の花を見たあやかしは、期待に満ちていた目を嫌悪に変えた。

「これは……わたしのつがいではありません！　こんなものを望んでいたのではないのに、わたしのつがいはどこに行ってしまったのですか」

「それは、その……完全に元通りにはできないのよ。色は変わってしまったけれど、根本は同じ花というか……」

「まったく違います！　わたしのつがいを返してください」

花のあやかしは怒りだしてしまった。もとの花びらは白なので、望んだ形とは大きく違っていたのだ。

これがこの能力の困ったところで、雄のカブトムシの角が消滅したり、樹木の枝が捻《ねじ》れてしまったりする。よみがえらせてほしいと必死に懇願していたあやかしたちは結果を見て大きく落胆し、憤慨してしまう。そうすると、私の能力がなんの役に立つのかという無力感に苛《さいな》まれる。

かといって、能力を封印することもできないでいた。

生まれつきあやかしが見える私は彼らと共存しているので、困ったり悲しんでいるところを見ると、どうにかしてあげたいという思いがあった。たとえ、感謝などされなくても。

「見た目は違っても、この花はあなたのつがいよ。だって、背丈は同じだし……」

弁明するが、顔を背けた花のあやかしは花壇を飛び下りて姿を消してしまった。

また、期待に応えられなかった……。

がっかりして肩を落とした、そのとき。人の気配に、はっとして顔を上げる。

少し離れたところにいた学生たちが、こちらを見て驚愕の表情を浮かべている。おしゃべりに興じていると思ったら、いつの間にか今のやり取りを見られていたらしい。

彼女たちは数人でひそひそと会話を交わす。

「見た？　さわったら花が変になったよね」

「誰もいないのに、ひとりごと言ってるし。あの子の目って、赤いんだよ。気味悪い」

私に友人がいない理由は、これだった。

真実を打ち明けたら、なおさら嫌がられてしまうだろう。あやかしを喜ばせることもできないのに、人間である彼女たちを納得させられるわけがない。

だから嫌悪を含んだ目を向けられても、この赤い焔を宿した瞳を見られないよう、目線を床に落とすことしかできない。

ノートを貸してほしいと話しかけてきた学友が、おそるおそる私のそばにやってきた。彼女の頬は引きつっている。

「あの噂《うわさ》、ホントなんだね。鬼山さんは、鬼の子だって。近づいたら呪い殺されるって」

「そんなこと……！　呪い殺したことなんか、ないわ」

必死に否定するが、逆効果だった。息を呑んだ学生たちは悲鳴をあげながら走り去る。

それはつまり、やろうと思えばできるという意味に捉えられてしまったのだ。

「あ……ノートは……」

彼女たちの姿が見えなくなってから、私は学友を引き止めようと伸ばした手を下ろす。

また、あることないことが噂されてしまうのだろう。そして遠巻きにされ、気味の悪いものを見る目を向けられる。

鬼の子なのは事実なので、否定できなかった。かといって花のあやかしの窮状を、見て見ぬふりをすることもできない。

こうして私は、まともな人間関係を築けないまま成人してしまった。忌避されるのは異性でも同じなので、恋人ができたこともない。

鬼神の許嫁がいるとはいえ、それはいわゆる政略結婚らしい。

詳しい話は知らないけれど、きっと生贄のようなものではないだろうか。現世で生まれ育った私には、鬼神の供物として捧げられた生贄花嫁が、初夜に頭から食べられるというイメージしか湧かない。

「キスとか、経験してみたかったな……」

好きな人と結ばれたいなんて贅沢《ぜいたく》は言わない。せめて男の子とデートして、楽しい思い出を作ってみたかった。

でも、許嫁の鬼神ですら私の真紅の唇を、気味が悪いと罵《のの》るかもしれないけれど。

溜め息をついた私は学食をあとにし、その後の講義を終える。

出番のなくなったノートを鞄にしまい、帰途につこうと講義棟を出た。

キャンパスの小道に咲いている紫陽花の葉が気になり、覗いてみる。先日、ここでカタツムリのあやかしと話したことを思い出す。

今日はいないようだ。死んだ仲間をよみがえらせてほしいという依頼だったが、カタツムリの殻を再生することができず、憤慨されたのだった。

自分の能力の不甲斐なさを思い知らされるばかりで、溜め息がこぼれる。

「雨が……降るかしら」

ふと頬に風を感じ、空を見上げる。

先ほど講義室から見上げた下弦の月は、すでに雲に隠れていた。

すると、風にのってざわめきが耳に届く。キャンパスが騒然としているのに気づき、何事かと足を向ける。

いつもは静かな敷地内に、多数の女子大生が各々のグループを組んで集まっている。彼女たちは門前を見ながら賑やかな声をあげていた。

「あの人、誰!? すごくカッコイイ！」

「王子さまみたい！　彼女を迎えに来たのかな？」

その声につられて、ふと門前に目を向ける。

そこに佇んでいた若い男性の姿に惹きつけられた。

金糸のような透き通る亜麻色の髪は襟足で軽やかに跳ね、稀少な翡翠を思わせる碧色の双眸が異国の王子さまを彷彿とさせる。

すらりとした体躯にまとう純白のシャツが目に眩しい。

彼が醸し出すのは神秘的な美しさなのに、どこか雄の勇猛さを匂わせていた。

私は……この人に会ったことがある。

唐突に、そう感じた。

運命的なものかはわからない。けれど、確かに見覚えがあるのだ。

遠い記憶を彼方から探り出していると、ゆっくりと歩を進めた彼が、キャンパスに入ってきた。

彼が動いたことにより、歓声が満ちる。

え……私のところへ来る……？

王子さまのような男性は周囲の女性には目もくれず、まっすぐにこちらへ向かってくる。

鬼の子と呼ばれて忌避される私が、まさか王子さまに選ばれるなんてこと、あるわけがない。

人々の注目を浴びる中、彼は私の前までやってきた。息を呑む私に、恭しい所作で、てのひらを差し出す。

「約束通り、二十年後に迎えに来た。俺の花嫁」

深みのある声音で明瞭に告げられ、瞬きを繰り返す。

腰まである私の漆黒の髪が、さらりと風にさらわれた。

「……花嫁？」

まさか、この人が、私の許嫁なのか。

そうだとしたら、彼は人間ではない。父と同じく、鬼神のひとりなのだ。

彼は私の手を取ると、まるで騎士の誓いのように、手の甲に静かにくちづけた。

熱い唇の感触に、どきりとする。

「美しく成長したな。会いたかった。夜叉姫」

感極まったつぶやきに含まれていた〝夜叉姫〟という言葉は、女子大生たちの悲鳴みたいな叫びにかき消された。その中には先ほど私を気味が悪いと言って遠巻きにした人たちもいた。

「鬼山さんの彼氏なの⁉　なんであんなに素敵な人が、あの子に⁉」

「いいなぁ、堂々とキスしてくれるなんて、うらやましい！」

彼女たちは驚きと羨望《せんぼう》を込めて口々に発する。

恋人などではない。私だって、この状況にひどく困惑している。

けれど彼女たちは私の恋人が迎えに来たのだと勘違いしているようで、キャンパスはざわめきが止まらない。

「ここは騒がしいな。場所を移動してもよいだろうか」

「ええ……そうね。近くの公園に行きましょう」

彼の提案に了承する。そっと見上げると、わずかも外されない碧色の眼差しは、宝石のようにきらきらと輝いている。精緻に整った顔立ちは秀麗だけれど、切れ上がった眦と薄い唇が酷薄な印象を与えた。

彼はキスした手をつないだまま、門へ向かう。

まるで仲睦《なかむつ》まじい恋人同士のようで、恥ずかしくなった私はうつむきながら、手を引く彼に寄り添った。

キャンパスのざわめきは、歩みとともに遠くなっていった。

大学からほど近い、紫陽花の咲き誇る公園へ私たちはやってきた。

雨が降りそうな気配がするためか、ひと気はない。ここなら込み入ったことを遠慮なく話せる。

紫陽花の連なる道を歩みながら、私は突然現れた王子さまのような男性に訊ねた。

「あなたは……鬼神なのね」

「そうだ。俺は八部鬼衆のひとり、鬼神の鳩槃茶。神世で交わされた協定により、夜叉姫を俺の花嫁としてもらいうける」

瞠目して、鳩槃茶と名乗った鬼神の言葉を受け止める。

鬼神の許嫁がいることは知っているが、急に結婚を提示されても受け入れがたく、戸惑いが胸に広がる。

つないでいた手をようやく離した鳩槃茶は、私と向き合う。彼は真摯な双眸で、間近から私の目を見つめた。

背が高いので見下ろされる格好になるが、瞳を覗き込まれるのは嫌だ。気味が悪いと言われ、顔をゆがめられた記憶がよぎる。

うつむき、瞳を見られないようにする。

だが鳩槃茶は愛しい者を見つめるかのように、目を細めた。

「やはり、俺の夜叉姫だ。あのときに見たおまえに間違いない」

政略結婚の相手が彼であることを、二十歳を迎えた今まで、私は知らずにいた。鳩槃荼という鬼神が存在するのは知っていたが、両親から彼の名前が出たことは一度もない。

「私たち、前にどこかで会ったの……？」

「二度ほどな。夜叉姫は覚えていないだろう」

彼に会ったことがあるような気もするが、具体的には思い出せなかった。きっと私が神世へ行ったときに、すれ違った程度ではないだろうか。

それなのにどうして彼は、花嫁にもらいうけると自信を持って言えるのだろう。私のことを、なにも知らないのに。

そして私のほうこそ、彼のことをなにも知らない。突然現れて、二十年前の約束なんて持ち出されても困惑してしまう。

「あの……ここで〝夜叉姫〟と、はっきり言うのはやめてくれる？　一族のことは現世では秘密なのよ」

「なるほど。では、名で呼ぼう。……凛」

鳩槃荼は甘く深みのある声音で、大切そうに私の名を響かせた。

びっくりした私は目を瞬かせる。

彼は私の名前を知っているのだ。ということは、私が生まれたときに両親となんらかのやり取りがあったのだろうか。

煌めく碧色の双眸を、彼はいっそう近づけてきた。

顔を上げられないでいると、つむじのあたりから声が届く。

「俺の名も、呼んでみてくれ」

「……ええと、クバ……」

難しくて、言いにくい。許嫁の名前を言えないなんて、最低だ。また相手を落胆させてしまう予感がした。

けれど、なぜかふわりとした優しい感触がつむじに生じた。彼の唇が髪に触れた気配がする。

「すまない。俺の名も内密にするべきだったな。現世では〝久遠春馬《くおんはるま》〟という通名を使用している。俺のことは春馬と呼んでくれ」

「わかったわ。……あの、春馬」

「なにか」

「私が頭を上げたら、あなたに頭突きすることになるんじゃないかしら……」

つむじに唇が触れたままだ。どうして離れないのだろうか。

柔らかな感触と、彼の挙動に戸惑いが芽生える。

「よいぞ。頭を上げろ」

「どうしてそうなるの。まずは春馬が頭を上げてちょうだい」

そう言うと、頭を上げた春馬は姿勢をまっすぐに保つ。そっと目を向けると、彼は驚いた顔をしていた。

「俺に命令するとは……なんという豪気な花嫁だ。気に入ったぞ」

「命令じゃなくてね……」

神世に住む鬼神だからなのか、どこか浮き世離れしている彼とは話が噛み合わない。

彼に政略結婚について説明を求めると、とてつもない時間を要しそうだ。両親から詳しい話を聞いたほうがよいだろう。

私は自宅へ向かって歩きだした。ところが春馬は私の後ろをついてくる。

「うちに来るの？」

「そうなる。凜の向かう先が、俺の行く先だ」

真面目なのか気むずかしいのか、奇妙な男だ。

肩を竦めた私は春馬とともに、紫陽花の咲く公園を抜けた。

生まれたときから住んでいる自宅マンションは、河原沿いに建っている。河原にはカマイタチなどのあやかしたちが多数暮らしているので、小さい頃はよく遊んでいた。

許嫁の鬼神を連れてきたと言って春馬を家族に紹介したら、大騒ぎになるだろうか。

振り返ると、平然とした春馬は私の後ろにぴたりと付き従っている。

両親は共働きの会社員なので、今の時間は自宅にいない。二十二歳になる兄の悠としもべのコマはどこかへ泊まり込んでいるらしく、最近は家にいなかった。

けれど家族はもうひとりいる。

玄関扉を開けた私は、室内の気配をうかがった。

すると散歩には行っていなかったのか、陽気な声が飛んでくる。

「凜、おかえりにゃ〜ん」

「あっ……ただいま、ヤシャネコ」

夜叉のしもべであるヤシャネコは、私が生まれたときからまったく姿が変わらない。現世の猫とは寿命が異なるのだ。

いつものように挨拶を交わした直後、ヤシャネコは金色の目をいっぱいに見開いた。

「ニャニャニャ！　鳩槃荼さま⁉」

私の後ろから入ってきた人物に驚いて尻尾を逆立て、ぴょんと飛び上がる。

春馬は傲慢にヤシャネコへ問いかけた。

「しもべよ。夜叉は在宅か」

「フニャニャ……夜叉さまは会社にゃん。夜に帰ってきますにゃん」

「では、待たせてもらおう」

家に上がり込んだ春馬が、一応は靴を脱いでいるのを確認する。

「もしかして『娘さんをいただきます』だとか、お父さんに言うつもり？」

「無論だ」

言い切る春馬には、いっさいの迷いがない。

父は母には甘いけれど、私と兄には苛烈に怒鳴りつけることもある。そんなときは鬼神の夜叉らしい面を感じて、恐怖すら覚える。ふたりが対面したら、どうなるのか予想がつかない。ここで鬼神の争いが勃発しても困る。

そんなふうに悩んでいると、またもや困惑するものを発見した。

リビングに入った春馬は、部屋の角に仁王立ちしているのである。ダイニングテーブルやソファはすぐそこなのだけれど。

「あの……どうしてそこに立っているの？」

「夜叉は俺の花嫁の父君にあたる。つまり、俺よりも位が上ということになる。目上の者を迎えるのに悠々と座して待っているなど不遜《ふそん》だ」

「丁寧な説明、ありがとう……」

まるで武人のごとく格式を重んじている。

ヤシャネコはといえば、春馬から少し離れたところでびくびくしながら床に伏せていた。普段はお腹を見せて昼寝しているのに。

鬼神の世界では位階が重視されるらしい。

「それじゃあ、私も一緒に立っていようかしら」

ひとりだけ座っているのも申し訳ないと思い、春馬に合わせる。

すると彼は素早く部屋の角から移動し、私のそばにやってきた。

「それはいけない。花嫁たるもの、侍従のごとく立っていてはならぬ。大事な体なのだからな」

「……そうなの？」

春馬は正面に立つと、まっすぐに私を見つめる。なぜか距離が近い。話すなら、もう少し離れたほうが相手の顔が見やすいと思うのだけれど。

なんとなく気まずくてうつむくと、春馬は私の手をすくい上げた。

「さあ、椅子に座るのだ」

「私の家だけどね」

ソファに導かれ、腰に手を添えられて座る。まるでお姫さまのような扱いだ。

私を座らせると春馬は部屋の角に戻り、直立不動の体勢になる。

奇妙な時間が流れた。

春馬は神の像のごとく、ぴくりとも動かない。

変な人……。でも、私に気を使っているのかな……。

床に伏せているヤシャネコのヒゲが震え、「ムニャ、ニャゴ……」と喉を鳴らす声が静かな室内に響く。

やがて窓を叩いていた雨粒がやみ、日が暮れた。

ヤシャネコがすっかり眠ってしまった頃、玄関から物音がする。

「ただいま。凜、帰ってるの？」

母が帰宅した。ほかの靴音も混じっているので、父もいるはずだ。

春馬はまったく動じない。なにも知らず笑顔でリビングに入ってくる母と、それを待ち構えている義賊のごとき春馬に、私は忙《せわ》しなく視線を往復させた。

「お、おかえりなさい。あの、お母さん、来客がいるんだけど」

「えっ？」

年齢にそぐわず若々しい母は、目を瞬かせる。すいと彼女の視界に、春馬が姿を見せた。

「久しいな、母君」

「……え。あっ、あなたは、く、くば……！」

慌てている母を守るかのように、険しい顔をした父が割り込んだ。

会社帰りなので漆黒のスーツを着込み、黒目に見える特殊な眼鏡を装着しているが、

　夜叉の威厳がにじみ出ている。

「鳩槃茶。なにか用か」

「約束通り、俺の花嫁をもらいうけに来たのだ。独断で連れ去っては夜叉の怒りを買うかと思ったゆえ、念のため許可を取らせてもらう」

　春馬の言葉に父は双眸を細め、母は息を呑んだ。

　ふたりとも、いつかこの日が訪れることをわかっていたようだった。

「座れ。話をしよう」

「承知」

　父に促された春馬は、四人掛けのダイニングテーブルの椅子に腰を下ろす。

　向かい合わせに座ったふたりは、鋭い視線を交わした。

　緊迫した空気に、ごくりと息を呑む。

　私の腕に縋りついた母は、ことさら明るい声を出した。

「そうだ。お茶を淹《い》れましょうね」

「茶など出さなくていい。あかりと凜も、座りたまえ」

　鬼のひと声に、母と私は目を合わせて互いに頷いた。こうなると父は譲らない。

　父の隣は母の席なので、私は春馬の隣に腰を下ろす。

　さて、と父は口を開いた。

「二十年前に帝釈天と御嶽が取り交わした協定についてだが、確かに互いの陣営の和平のために、当時胎児だった凜を鳩槃茶の花嫁にするとした」

「その通り。俺は夜叉姫を手元で育てたいというそちらの意向を呑み、今日まで婚姻を引き延ばしていたのだ。あれから二十年が経ち、凜は成人した。花嫁を迎える準備は整っている」

「貴様が凜をさらわなかったのは褒めてやろう。だが政略結婚とはいえ、あくまでも凜の気持ちを大事にしたいということは初めから話していたはずだ。――そうだな、あかり」

　確認された母は弾かれたように、肩を跳ねさせた。

「ええ……そうなんですけど、凜と鳩槃茶はこれまであまり顔を合わせる機会がなかったから、お互いのことをよく知りませんよね。それなのに気持ちを確認されても困ると思うんです」

　母は心配そうな顔を私に向けた。いつも私の味方をしてくれる母が大好きだ。けれど、純粋な人間である母には夜叉姫としての私の気持ちなんてわからないという諦めがあるのも事実だった。

　私は人間の世界で暮らしているのに純粋な人間ではなく、かといってあやかしでも神でもない、中途半端な存在だ。その上、与えられた能力も満足に使いこなせない。

誰の期待に応えることもできない。だから自分の存在意義がわからないという悲嘆に苛まれている。そんな思いは両親だけでなく、誰にも理解できないに違いない。

その反発のためか、私は素直に両親に同調できず、口を噤む。

春馬は悠然として、ふたりに指摘した。

「夜叉と母君は、本人の気持ちを大事にするという盾を取って、約束を反故《ほご》にしようというつもりではないか？　二十年間、神世は鬼衆協会にいっさいの口出しをしなかった。その利益を享受しておきながら、娘が嫌がるので結婚はなかったことに、という結末に誘導している気がするのだが」

「そんなつもりはない！　貴様こそ仮定の話を、さも俺たちの考えのように誘導するな」

父は即座に否定した。協定の内容には、鬼衆協会の存続を保護する約束などもあったのだ。両親には信頼を置いているけれど、私の知らないところで政略の道具のように扱われていたのを知り、かすかな不満が込み上げる。

「私は……この結婚を嫌がってなんかいない」

そう述べると、テーブルに沈黙が下りた。両親は私の意見が意外だったのか、目を瞬かせてこちらを見ている。

「凜はこのように言っている。俺の花嫁は豪気ゆえ、鬼神の妻になるのを臆したりはしない。俺が見込んだ通りだ」

春馬は私に微笑みを向けて、褒めそやした。

おだてに乗せられたわけではないけれど、この結婚を嫌がっていないのは確かだった。それは結婚そのものが、私にとって縁遠いものだと知っていたから。

忌避される能力を持ち、友人さえできない私が、どうして結婚相手に恵まれるというのだろう。このまま過ごしていたら、一生恋愛も結婚もできないのだと思える。

幸せな結婚をしてみたいという願望はあるけれど、私を受け入れてくれる人なんていないと諦めていた。

だけど、春馬は私を望んでくれる。

彼は真摯な双眸を向けて、夜叉姫である私を花嫁にしたいと明言した。

誰かに渇望《かつぼう》されるなんて、そんなことは初めてで、私の人生にとって僥倖《ぎょうこう》だった。

この縁を、終わりにしたくない――。

政略結婚という始まりではあるものの、この機会を逃したら、私は生涯独身だろう。

それに、春馬の外見に惹かれただけではなく、彼の人となりに興味を持った。

なんだか浮き世離れした不思議な人だけれど、彼からは揺るぎない芯の強さを感じる。それは自信のない私が、持っていない面だった。

私は勇気を出して、口にした。

「お母さんも鬼神の妻だもの。私にだって務まるだろうから、彼と結婚するわ」

言い切ると、父と母は困惑の表情を見せた。即決してよいのかと戸惑うふたりの気持ちが伝わってくる。

私の胸の奥にも迷いはあるけれど、引き延ばしたところで結論は変わらない気がした。もし嫌がったとしても、すでに協定のための政略結婚は決定しているのだから、覆せないだろう。

結婚の意思を示した私に、春馬は向き直る。

「政略結婚の条件として、必ず世継が欲しい。よいか？」

「いいわよ。結婚したら、子どもができて当然よね」

神世の鬼神は領主のような位なので、跡継ぎが必要なのだろう。もちろん子どもができるような経験をしたことはないけれど、政略結婚であるなら子を産むのは妻としての役目だ。

ふたりで話をまとめていると、父が声を荒らげた。

「ちょっと待て！　そんなに簡単に決めてもらっては困る」

「あえて言わせてもらうが、政略結婚とはいえ、婚姻するのは俺たちふたりだ。今後については、ふたりで相談する。夜叉と母君には静かに見守ってもらいたい」

春馬は冷静に説いた。彼の言う通りなのだった。

室内に沈黙が下りたのを見て取った春馬は、流麗な口調で言葉を継ぐ。

「しばらくは現世にある俺の屋敷で暮らそう。凜は現世で生まれ育ったゆえ、神世の居城よりも、そちらのほうが居心地がよいだろう。なにも不自由な思いはさせない。花嫁として大切にする」

私を思いやってくれる春馬に信頼感が芽生えた。彼となら一緒に暮らしていけると思える。

「私……彼と暮らしてみるわ。現世で暮らすなら、なにかあってもすぐに実家に戻ってこられるから、いいでしょう？」

そう頼むと、苦い表情の父とは異なり、母は笑みを浮かべる。

「凜の気持ちを大事にするって、決めていたものね。心配だけど、私はふたりが仲良く暮らしてくれると信じます。――柊夜さんだって、そうでしょう？」

「……ああ、その通りだ」

説得された父は深い嘆息を漏らして椅子にもたれた。

両親は授かり婚だと聞いている。母に惚《ほ》れた父が強引に迫ってプロポーズしたのだとか。今でも、私と兄の前で堂々とキスをする両親の姿を見ていると、私もああいう夫婦になりたいという憧れもあった。

春馬はそんな両親へ、まっすぐに碧色の双眸を向ける。

「俺は大切なことを言い忘れていた。――あなたがたの育てた凜を、必ず幸せにする」

明瞭にそう告げると、彼は席から下りて床に片膝をつく。

胸に手を当てて頭を下げ、まるで主にそうするような礼をとった。

慇懃な礼を合図に、鬼神との結婚生活は幕を開けた。


身の回りのものをまとめた私は、バッグひとつを持って自宅を出た。まさに小旅行といった様相で、嫁入りするなどという実感はまったくない。

「荷物を持とう。迎えの車が来ている」

春馬は私のバッグを受け取ると、手を引いて階下へ下りる。後ろからは見送りのため、両親がついてきていた。

マンションの前には、街灯に浮かび上がる黒塗りの高級車が停まっている。礼をする運転手へ、当然のごとくバッグを渡す春馬に唖然とする。まるでお金持ちの若旦那のようだ。

両親に「いってきます」と挨拶して車に乗り込む。父は眉根を寄せていたが、母は笑顔で手を振っていたので、振り返す。嫁入りを見送る両親とは、こんなものだろうか。

運転手はゆっくりと車を発進させた。

隣の春馬は膝に手を置き、まるで座する神像みたいに動かない。

「現世の屋敷と言ってたけど、ここから近いの？」

「近いとは、いかなる距離か」

「……ごめんなさい、質問を変えるね。私は大学生なんだけど、屋敷から通学してもいい？」

「許す。ただし、送迎をつける。必ず屋敷の者を同行させせよ」

「はあ……いいけどね」

古風な口調の春馬に苦笑いがこぼれる。

現世で暮らす鬼神たちは父を含め、正体を隠しながら仕事をしている。彼らにも何度か会ったことがあるが、言動は一般的な人間と変わりない。春馬はかなり独特だ。

ややあって、車は郊外の閑静な住宅地に辿り着く。

瀟洒《しょうしゃ》な邸宅が建ち並ぶ区画のひとつにある、数寄屋造りの門をくぐる。犬柘植《いぬつげ》が導く私道を通ると、現れた豪勢な屋敷に瞠目した。

重厚な日本家屋は、まさに屋敷と呼ぶのにふさわしい。鬼神は神世に居城を持っているが、現世でこれほどの物件を所有しているとは、相当な資産家と思われる。

唖然としていると、降車して回り込んできた春馬に手を取られた。

「すごいお屋敷ね……。春馬は若旦那さまなの……？」

「若旦那という称号は使用していないが、不動産業を営んでいる。現世に住まう鬼神たちの動向を密かに調査及び監視する目的もあり、屋敷や身分を確保することが必要なのでな。ゆえに現世を訪れるときは、この屋敷に泊まっている」

車を降りると、玄関前にはずらりと使用人らしき人々が並んでいた。頭を下げて出迎えられ、お嬢さまのような待遇に戸惑ってしまう。

屋敷に使用人がいるのだろうとは思っていたが、お手伝いのおばさんがひとりいるだとか、そういうことだと予想していた。私の想像する規模を遥かに超えている。

彼らの間を悠然と通り過ぎた春馬は、玄関へ入った。

「花嫁の部屋に案内しよう。おまえをいつ迎えてもよいよう、あらゆるものを用意させてある」

「あらゆるもの……？」

洗面道具だとか、そういったものだろうか。一応、自分の歯ブラシは持参してきた。

そういえばシャンプーを忘れてきたので借りよう……と考える。

だがその呑気《のんき》な思考はすぐに覆された。

廊下を渡り、奥の間へと導かれる。春馬は金箔《きんぱく》で彩られた襖《ふすま》を開けた。

その途端、きらきらと煌めく輝きが目に飛び込む。

部屋の光景をぐるりと見回した私は、呆気《あっけ》に取られる。

「なに、これ……」

鶴模様が刺繍《ししゅう》された艶やかな紅綸子《べにりんず》の打掛。華やかな御所車と桜が描かれている振袖など、数々の豪奢な着物が衣桁《いこう》にかけられて飾られている。目も眩《くら》むような吉祥《きっしょう》と百花繚乱《ひゃっかりょうらん》が咲き乱れていた。

「これは京友禅《きょうゆうぜん》だな。こちらは加賀《かが》の正絹縮緬《しょうけんちりめん》だ。いずれも職人に数年をかけて織らせた特注品で、一点ものだ。それから懐剣《かいけん》や帯締めほか装身具なども量販品ではなく、特注して金糸や宝玉を織り込み、贅をこらしたつくりになっている」

「……丁寧な解説、ありがとう」

訊ねたのは着物の詳細ではないのだが。豪華な着物が部屋中を埋め尽くしていることへの疑問だった。

まさか、この高価な着物のすべてが花嫁への贈り物だというのだろうか。

「もしかして、これ全部、私へのプレゼントなの？」

質問すると、長い睫毛を瞬かせた春馬が首をかしげつつ、私の顔を覗き込む。

「そうだが。ほかにいかなる可能性があるのか、聞かせてもらおうか」

「……確認しただけよ。こんなに高価な品物は受け取れないわ」

体はひとつしかないのに、店を開けるほど大量の着物を贈られても困る。鬼神の花嫁だからといって贅沢がしたいわけではない。

ところがその返答を聞いた春馬は眉根を寄せた。

「なぜだ。着物の柄が気に入らなかったのか？」

「そうじゃなくてね……。私は贅沢をしたいわけじゃないの。こんなにも高価な着物ばかりをもらっても困るのよ」

「遠慮するな。俺の花嫁なのだから、贅沢をさせるのは当たり前だ。これだけではなく、別室には宝石を用意させている。それから螺鈿《らでん》細工の箪笥《たんす》に、黄金の香炉、それと……」

まったく私の言い分を理解してくれないので、溜め息がこぼれる。

このままでは深夜まで贈り物についての解説を聞かされそうだ。

「もういいわ。今日は遅いから、寝るわね」

「そうか。では、花嫁の寝支度をさせよう」

パン、と春馬が手を打つ。すると音もなく使用人たちが現れた。

彼女たちに連れていかれた先は広い湯殿で、着ていたワンピースを脱がされそうになり、慌てて拒否する。

ひとりで入浴したいと訴えて、全員に脱衣所から出ていってもらったが、湯船からあがると、浴衣やバスタオルを手にして待ち構えられていたので悲鳴をあげた。

他人に入浴を手伝わせて、裸を見られるなんて耐えられない。

私はどうにか自分で体を拭くと、使用人の女性たちに浴衣を着せられ、髪を乾かしてもらった。

「疲れた……」

入浴するだけでこんなに疲労困憊《こんぱい》するとは思わなかった。

春馬の屋敷は神世の風習に則っているのか、ひどく古風である。逐一《ちくいち》、使用人に世話をされるなんて慣れそうにない。

今も使用人の女性に付き添われ、屋敷の奥へ案内されていた。次はようやく寝室に通されるのだろう。

いろいろなことがあったので、ひとりになって考えたい。

主屋から架けられた朱塗りの小さな橋を渡る。吊《つる》された灯籠《とうろう》の明かりが足元を照らしていた。

橋を渡り切ると、別棟へ入る。左右に御簾《みす》のかけられた黒塗りの廊下は静謐に包まれている。

どこを向いても、まるで平安貴族が住む寝殿造のような瀟洒な屋敷だ。

辿り着いた重厚な扉の前で、付き添いの女性は膝をつく。

「花嫁さまをお連れしました」

平伏する彼女の様子が、生贄を神に捧げる信徒のように見えて、ぞっと背筋を震わせる。

寝室に案内するだけなのに、あまりにも遠すぎるとも思った。

まさか……生贄花嫁として、喰《く》われてしまうなんてことは……。

恐れていた一抹の不安を覚える。

助けを呼ぼうとして、頭に思い浮かんだのは、春馬の顔だった。

ふと冷静になり、首を捻る。

なぜ助けを求めるのが春馬なのだろう。この場合、私を喰らうのが鬼神の春馬で、助けてほしいのは両親だとか、そうなるはずなのに。

使用人たちは両開きの扉を左右から開ける。

そこから見える室内は薄暗いが、仄《ほの》かな橙色の灯火がぽつりと輝いていた。

春馬の姿は見えない。声も聞こえない。

私が自らの意思で中に踏み出さなければならないのだ。

ごくりと息を呑み、勇気を出して足を前へ運ぶ。

すると背後で軋んだ音が鳴り、扉が閉められた。使用人たちが立ち去るかすかな物音が聞こえると、あとには静寂が広がる。

振り向いて室内に目を凝らす。

薄衣で作られた几帳《きちょう》が、明かりに浮かび上がっているのが見える。

カーテンのようなそれが突如、ばさりとまくられた。

びくっとして肩を跳ねさせる。

几帳の陰から、浴衣に身を包んだ春馬が現れた。

「待ちかねたぞ」

跳ね上がった薄衣が下りないうちに、大股で歩み寄ってきた春馬に軽々と抱き上げられる。

お姫さまのように横抱きにされた私は、瞬く間に几帳の陰へと連れ去られてしまった。

そこは寝台だった。褥《しとね》には純白の布団が敷かれ、枕がふたつ並んでいるのを目にする。

どきりと鼓動が弾む。

褥に下ろされたときにはもう、熱い男の腕の中に囚われていた。

「あっ……あの、春馬……」

男性とこんなにも密着するのは初めてで、戸惑いが生まれる。

経験のない私にも、これから春馬がなにをするつもりなのか予想がついた。

なぜなら彼の強靱な胸がぴたりと触れ、大きなてのひらが背中に回されて逃げることを許さないのだから。

花嫁として、夫に純潔を捧げなくてはいけない。

初夜を無事にこなすのは、夜叉姫としての私の役目なのだから。

たとえ愛のない政略結婚であっても、褥では旦那さまに身を任せないと――。

頭ではわかっているのに、緊張した体が強張る。

身を起こした春馬は冷徹に私の帯を解くと、緩んだ浴衣の合わせを開いた。

まだ上気して桜色に染まっている胸元がさらされる。

春馬は射貫くような双眸で私を見下ろしていた。

未知のことに怯えが走り、ぶるぶると小刻みに体が震える。

私……どうなるの……？

胸に大きなてのひらが這《は》わされ、その感触にびくりと体が跳ね上がった。

張りつめるあまり呼吸が浅くなる。ひどく胸を喘《あえ》がせてしまい、肌を通して、彼のてのひらにもその緊張は伝わってしまう。

じっと碧色の双眸を向けていた春馬は、ふと胸に触れていた手を離す。

彼は乱れていた浴衣の合わせを、もとに戻した。

「少し、話さないか」

「え……？」

身を起こした春馬は、捕らえていた私の体を解放した。

のしかかっていた重みが消えると、なぜか虚無感に襲われる。あれほど緊張を張らせていたのに、すうっと冷たいものが体に射し込むのを感じた。

夫婦の営みは、行わないのだろうか。

ぎゅっと合わせを掴んだ私は、緩慢に起き上がる。

褥に胡坐《あぐら》をかいて座った春馬の双眸は、先ほどと変わらない冷徹な色を宿していた。

「話すって、なにを……？」

「古代インド時代に俺と乾闥婆が死闘を繰り広げた話を聞くか？　長いので三日三晩かかりそうだが」

「それは遠慮しておくわね」

「……そうか」

即座に断ると、春馬は亜麻色の髪を無造作にかき上げる。なんでもないその仕草に雄の色気がにじみ、どきんと胸が弾んだ。

「では、昔の凜は、どんな子どもだったのだ？」

脈絡のない話の提示に、彼は私が緊張しているのを察して、それをほぐそうとしてくれているのだとわかった。

「そうね……。今より活発だったかな。兄や友達もあやかしが見えていたから、みんなで遊んだわ。子どものときは種族の違いなんて考えていないから無邪気で、日が暮れてもあやかしたちと輪になっていたの。お母さんが捜しに来なかったら、神隠しに遭っていたかも」

「ほう。兄はわかるが、人間の友人にあやかしが見える者がいたのか？」

「ひとりだけね。その男の子は別の地区に引っ越していったから、ずっと会ってないわ」

「しかも男なのか……。そいつは別れ際に、凜を嫁にもらうなどと言ってないだろうな？」

春馬は訝しげに眉をひそめた。

もしかして、彼は嫉妬しているのだろうか。単なる子どもの頃の思い出話だというのに。

私は微苦笑を浮かべて説明する。

「残念だけど、そんな約束はしなかったわね。それに学区が変わるだけで、遠くに行くわけじゃなかったから、またねっていう軽い感じで別れたのよ」

「そうか。安心した。もっとも、俺の花嫁に手を出す輩《やから》がいたら、踏み潰すだけだが」

「踏み潰すのはやめてね。私を花嫁にもらうなんて言うのは春馬だけよ」

「そんなことはあるまい。こんなに美しいおまえを、ほかの男に奪われないか心配だ」

美しいだなんて褒め言葉は、誰からももらったことはない。

嬉しくて恥ずかしくて、頬が朱に染まり、浴衣の袂で顔を隠した。

「春馬こそ、昔はどんな感じだったの？　死闘を繰り広げていたということは……戦いに明け暮れていたとか？」

「その時代は長きにわたったな。鬼神たちは、いわゆる仲間ではない。互いに憎み合い、蹴落とし合って己の力を誇示するのだ。そうするのが鬼神の性なのだ」

遠い目をした春馬は、ごろりと体を横たえた。

枕に頭を預けて仰臥《ぎょうが》した彼は、私の腰に絡みついた帯を悪戯《いたずら》に引く。

寝物語に話そうという合図かもしれない。私も、そっと逞しい体の隣に寝そべる。

「俺は果てしない年月を戦いの中でひとりきりで生きてきた。心を許せる相手はいない。愛も知らず、なにかが欠けているような気持ちを抱えていた。どれだけ数多《あまた》のあやかしに傅かれようとも、ほかの鬼神を打ち倒しても、この渇きを癒やすことはできなかった」

低い声音で淡々と紡がれる言葉には、計り知れない孤独の中で生きてきた鬼神の過去が隠されていた。

春馬は、寂しいのね……。

孤独な鬼神である彼は寂しささえも、そうとは知らずに過ごしてきたのではないだろうか。彼が世継ぎが欲しいという条件を掲げたのには、そういった思いがあったからなのかもしれない。

「春馬が幸せな家庭を持ったら、きっと癒やされるわ」

「そうだろうか。掴んだことがないものは、正体がわからぬ」

私たちの子どもができたら……なんて恥ずかしくて言えなくて、どこか他人事のように話してしまった。

私も、春馬と幸せな家庭を築きたい。

けれど、なにをどうすればよいのか、具体的な方法がわからないのだ。

私たちは夫婦になったものの、まだどこへ向かうべきなのか手探りの状態だった。

でも、彼と交わす言葉が、こんなにも温かい。

ふいに春馬は、ぽつりとつぶやいた。

「……凛。手を握ってもいいか。おまえに触れられないのは寂しい」

「うん……。私も、手をつなぎたい」

そっと触れ合う手と手が、つながる。春馬の大きなてのひらで、しっかりと握り込まれた。

体は熱いのに、意外にも彼の手はひんやりしている。

「冷たい……鬼神の手は冷たいのね」

「おまえが温めてくれ」

「こんなに冷たい手なら、一晩中温めていないといけないくらいだわ」

「一晩中、つないでいよう。永劫でもよい」

そう言った春馬は甘えるように頭を寄せてきた。亜麻色の髪が、さらりとこめかみをくすぐる。

永劫だなんて、気の長い話だ。鬼神の春馬とは時間の感覚が異なるのだと感じる。

「春馬は私が生まれるずっと前から、この姿なのね。そして、これからも……」

「これからどうかはわからぬ。不死ではないからな。おまえが俺を忘れたときに、死ぬかもしれぬ」

「なに言ってるの。そんなわけないでしょ」

「凜に初めて会ったとき、魂を抜かれるほどの衝撃を受けた。ゆえに俺の命を握っているのは、おまえなのだろう」

「初めて会ったとき……？　そういえば私たち、前に会ったことがあるのよね」

大学の構内で会ったときの春馬は平然として、私を花嫁だと言った。彼にとっては再会なのだ。

「俺たちが初めて会ったのは、夜叉の居城だ。凜の本体は母君の腹にいたのだが、幻影として現れた」

「ふうん。どんな状況だったの？」

「様々なことがあったな……。凜は今より少し幼い姿だった。俺を、見つめていた」

記憶を手繰ろうしても、それは夢の跡ようにおぼろに漂い、掴めなかった。

春馬は遠い目をして、あの日の私を彼方に見ていた。

「不思議ね。あなたが思い出しているのは私なのに、なんだかおもしろくない気分だわ」

「ほう……。嫉妬か？」

握りしめた手を茶化すように軽く上下に振られる。

むっとした私は、唇を尖らせた。

「そんなのじゃないから。きっと私、あなたと同じものが見られないから、つまらないんだわ」

春馬は瞼を閉じると体を寄せてきた。互いの手を、つないだまま。

彼の金糸のごとき睫毛が、濃い影を落としている。

「これからは同じ景色を見ていける。瞼を閉じてみてくれ」

「……こう？」

言われた通り瞼を閉じると、視界には黒鳶色《くろとびいろ》のベールが下りる。

そうすると、つながれた手の感触と春馬の体温が、より鮮明に感じられた。

彼の手は、まだ冷たい。

「夢の中でまた会おう。手をつなぎに行く」

「あなたって、妙なことを言うのね。まるで、輪廻《りんね》みたい……」

夢で巡り会い、また繰り返すのも、悪くないと思えた。

かすかな寝息を頬に受けながら、私は意識を沈ませた。


春馬の屋敷で花嫁として暮らし始めてから、一週間が経過した。

昼は大学に通い、帰宅したら庭園の草木を眺める。家事を手伝おうとすると使用人に断られてしまうため、手持ちぶさたになっていた。掃除や炊事などは使用人の仕事なので、花嫁がやるものではないというのが、この屋敷のしきたりらしい。

けれど、花嫁としてなにかしなければという焦りがあった。

なぜか春馬が不機嫌さをにじませているからだ。

おそらく初夜のことが原因だと思われた。

あの夜は手をつなぎながら話をして眠りについた。私としては穏やかな時間を過ごし、春馬との距離がほんの少し縮まったと思ったのだが、それは勘違いだったらしい。

夜が明けたときの春馬は冷淡な気配を醸し出していた。

甘い言葉を紡いだ名残は、どこにもなかった。

花嫁の責務を果たしていないのは間違いないのだから、一夜が明けて春馬は落第だと判定したのかもしれない。

それからは毎日一緒に食事をとり、寝所で並んで眠るのだが、それだけだった。

わずか数日で、春馬は褥で手をつながなくなった。

私から手を伸ばすわけにもいかず、どうしたらよいのかわからなくなる。

まるで棺桶に横たわる死人のように、まっすぐに並んで眠るのはひどく滑稽《こっけい》で、首が痛くもないのに何度もかしげてしまう。

これでいいのだろうか……。

春馬と心を通わせたい。そこまではできなくても、せめてよそよそしい空気をほどきたい。

そう願った私は使用人に頼み込み、台所に立たせてもらった。

手料理を作ったら、喜んでくれるかもしれない。

けれど、春馬が喜びを表すことなどあるのだろうか。

常に無表情の彼は、笑顔を見せたことはない。まるで天空の月のごとく冷徹な美貌は、近寄りがたい雰囲気があった。

それでも、彼になにかしてあげたい。

私は懸命に作業台で手を動かす。ニンジンとレンコン、ごぼうの皮を剥いて一口大に切る。それらをごま油でさっと炒めてから、出汁を入れた鍋で煮込んだ。その間に絹さやを湯がいて、水気を切る。

「ちゃんと絹さやの筋は取ったし……。あ、みりんはどこかな」

普段はプロの調理人が使っている厨房なので、調味料はずらりとそろっていた。煮込んだ鍋に味つけをする。砂糖と醤油《しょうゆ》、みりんを投入して味見をしつつ、さらに食材に味を通すため弱火で煮込む。

「できたかな……」

竹串を刺してみると、すっと通る。火を止めて、盛りつけをしたら完成だ。器に盛った根菜の煮物は美味しそうに艶めいている。春馬は和風が好みのようなので、あえて煮物を選んでみた。

食べたときに喜んでくれる顔を想像して、頬をほころばせる。

用意された夕食の膳に、私が作った煮物の器も入れてもらう。それから厨房を出て、食事をする座敷に向かった。

脱いだエプロンを隠して座敷の障子を開くと、すでに座していた春馬はこちらに冷たい目を向けた。

だがなにも言わない。

「遅れて、ごめんなさい」

「席に着け」

厨房で煮物を作っていたことは、彼が食べてから明かそうと思い、座敷に入った。

宴会ができそうなほどの広い座敷に膳が運ばれて食事をするというのが、日頃の光景だ。ぽつんとふたりきりで向かい合わせに座ると、なんだか息が詰まりそうになる。

でも煮物を食べたら、きっと喜んでくれる。そうしたら会話も弾むはず。

どきどきしながら、膳が運ばれるのを待つ。

やがて入室した使用人が、私たちの前に黒塗りの膳を置く。数々の艶やかな料理が入った器の中に、私が作った煮物がある。もちろん、春馬の膳にも。

彼は膳を見下ろしているが、まだ気づかないようだ。綺麗に見えるよう慎重に盛ったので、調理人が作った料理と比較しても遜色ない出来になったのではないだろうか。

きちんと扇形に並んでいる絹さやに、誇らしい気持ちが胸にあふれる。

「では、いただこう」

「いただきます」

手を合わせ、挨拶をしてから箸を取る。

緊張をにじませた私は、上目で春馬の様子をうかがった。

初めに吸い物の椀《わん》を手にした彼は、黙々と食事を続ける。

やがて、煮物に箸がつけられた。

私の胸の鼓動は最高潮に達する。

だが、ニンジンを口に含んだ春馬は眉根を寄せた。

もう一口、今度はレンコンを咀嚼《そしゃく》する。カタリと音をさせて、彼は箸を置いた。

給仕のため控えていた使用人に言いつける。

「この煮物を作った調理人は誰だ。味が薄い！」

その叱責に愕然とした。

春馬の味の好みに合わなかったのだ。私が自分好みの薄味に仕上げてしまったせいだ。

平伏した使用人は戸惑った顔を私に向ける。主人の怒りを買うのは使用人にしておいたほうがよいのか、それとも事実を告げるべきなのか、彼女は迷っているのだ。

他人のせいにしてはいけない。

私はまっすぐに春馬へ向けて言葉を発した。

「煮物を作ったのは、私よ」

「……なんだと？　なぜそんなことをする」

「春馬に、喜んでほしかったの。でも口に合わなかったようで、ごめんなさい」

がっかりして項垂れる。

喜ばせようと思ったのに、私が至らなかったばかりに、逆に怒らせてしまった。

無表情でこちらを見据えていた春馬は、軽く手を振る。平伏していた使用人は指示を受け、素早く座敷を出ていった。

「食事を用意するのは使用人の仕事だ。おまえは花嫁なのだから、厨房に出入りして彼らの仕事を奪ってはいけない」

「はい……」

厳しい声をかけられて、頭を垂れる。私のしたことは配慮に欠ける行為だったのだ。

落胆のあまり、涙がこぼれ落ちそうになる。鼻の奥がつんとして痛い。

指先で目元を拭っていると、春馬は和らげた声を発した。

「声を荒らげて悪かった。いつもと味が異なるので驚いたのだ」

「ん……」

唇が震えて言葉が出てこない。かろうじて頷きを返した。

「凜が、俺のために作ってくれたのだな。ありがたく、いただこう」

春馬は箸を取ると、黙々と煮物を口に運ぶ。

私はもう食べる気になれなくて、艶めいた絹さやを悲しげに見つめる。

「……美味しくないなら、無理に食べなくていいわ」

「不味《まず》いなどと言っていない。確かに薄味だが、うまいぞ」

そう言った春馬は煮物をすべて平らげた。

食事を終えると、入浴する気になれず、縁側に腰を下ろす。入浴したら、寝室に行かなくてはならなくなる。また死体の真似事を朝まで続けるのは苦痛だった。

縁側からは庭園を彩る植栽が見渡せた。

石灯籠の明かりに映し出された松やツツジが薄闇に浮かび上がっている。西の空の端には、雲の切れ間に夕陽の残滓《ざんし》がにじんでいた。

沓脱《くつぬ》ぎ石の下駄に足を置いて、移りゆく空の色をぼんやりと眺める。

ふと、男物の大きな下駄に目を落とした。

春馬が庭に出るときに履く下駄は、今は冷たかった。それも当然のことで、不動産会社から戻って食事をしたばかりなのだから、庭に出ていない。

けれど履き物が冷えているのは、彼の心まで表している気がした。胸の奥まで、雪の破片のような怜悧《れいり》なものが射し込む。

「でも、全部、食べてくれた……」

笑ってはくれなかったけれど、春馬は私が作った煮物に箸をつけて完食した。うまいと言ったのはお世辞かもしれないが、拒絶はされなかった。その事実に縋りたい自分がいた。

ぽつりと漏らしたつぶやきをすくい上げるかのように、低い声音がかけられる。

「凜」

はっとして振り向くと、漆黒の浴衣をまとった春馬がすぐそばに立っていた。

彼は私の隣に腰を下ろし、胡座をかく。

そして遠慮がちにつぶやいた。

「気落ちしているようだが……屋敷の暮らしに、なじめないか」

「ううん。そうじゃないの。この屋敷は素晴らしいし、使用人のみなさんも私にとてもよくしてくれるわ」

あなたと心が離れているのが、つらい。

そう言いたいけれど、口を噤んだ。

春馬にどうにかしてほしいと要求するような言い方をしてしまいそうだった。それにより、彼とさらに距離が生じることが怖い。

心とは、一方が寄せたからといって絆が結ばれるものではないと思うから。

そうすると、体のほうを結べば解決するのだろうか。けれど、きっかけが掴めないままでは、無理に私のほうから懇願したとしても、しらけた空気が漂うのではという恐れがあった。

どうすればいいのかわからない。春馬に嫌われたくないと思うあまり、私は自らを拘束しているのだった。

「月が綺麗だな」

天空に目を向けた春馬は唐突につぶやく。

つられて見上げると、星の瞬く夜空には下弦の月が輝いていた。

なぜか、ずきりと胸が抉《えぐ》られる。

このもどかしい疼きは、いったいなんだろう。

「あなたは、あの月のようね。綺麗で冷たくて、遠いから、手が届かないわ……」

「俺はここにいるが」

事もなげに言った春馬は、そっと私の手に自らの冷たいてのひらを重ね合わせた。

実際の距離の話ではないのに、彼は情緒を理解していないらしい。

でも、互いの肌に触れたのは久しぶりのことで、胸がときめく。話の流れでの触れ合いかもしれないけれど、春馬の体温を感じられたのが、こんなにも嬉しい。

膝に置いた私の手に、大きな手を重ねながら、春馬はまた月を見上げた。

「あの月は、あのときのものとよく似ている」

「あのときって？」

月の満ち欠けはひと月ほどで一周するので、下弦の月はよく見られるものではないだろうか。

首をかしげる私の横で、春馬は双眸を細めた。彼の碧色の瞳には、輝く月が映り込んでいる。

「凜が生まれたとき、病院へ会いに行ったのだ。あの夜も下弦の月だった」

「……そうだったの？」

初耳だった。もちろん月のことも、春馬と会ったことも覚えていない。

「夜に病室に忍び込んだので、警戒した母君はおまえを抱いて離さなかった。奪うつもりはなく、顔を見たかっただけなのだ。そこで俺は母君に、とあることを頼まれた」

「頼まれ事？　どんな？」

「いずれ結婚したら、凜を幸せにしてほしいと言うので、幸せとはいかなる意味かと訊ねた。そうしたら、笑顔にすることだと彼女は言った」

母の真心が胸に染み入る。

私の幸せとは、政略結婚を結び夜叉姫としての使命を果たすことでも、世継ぎをもうけることでもなく、私が笑顔になることだと当時から母は考えていたのだ。

人間の母は、私と兄が夜叉の血を受け継ぎ、特殊な能力や目の色を持っていることに、ひどく気を使ってきた。

私たちを愛し、慈しんで育ててくれた母だけれど、私がヤシャネコと遊んでいるときなど、ふと寂しげな顔を見せていた。母は私を産んだら神気を失い、あやかしが見えなくなってしまったのだ。

そんな母を見て、夜叉姫として生まれた私は恵まれていると思わざるを得ない。その認識とは裏腹に『こんな能力なんていらない』と口にできない窮屈さを感じていたことも確かだった。

「そんなことがあったのね……。お母さんは、私が政略結婚で不幸せになるかもと心配していたんじゃないかしら」

「俺の平淡な態度が誤解を招いたのだろう。だが俺は、約束は守る。凛を笑顔にすると決めている」

私は真顔で隣の春馬を見た。

そう決意されても、無理には笑えないのだけれど。

以前、笑ったのはいつなのか思い出せないくらいだ。今は春馬との距離の取り方で悩んでいるので、まったく口角は動かなかった。表情に乏しい花嫁では春馬が魅力を感じないのも当然だと思うと、さらに気分が沈んでしまう。

春馬は真剣な表情をこちらに向けて、言葉を継ぐ。

「ところが、その方法が不明なのだ。おまえはどんな着物や宝石を贈っても笑顔を見せない。どうすればよいのか、俺はとても困っている」

「……もしかして、最近不機嫌なのは、それが原因だったの？」

「不機嫌であるつもりはないが。どのようにおまえに接したらよいのか惑っていた」

「私、てっきり、初夜にうまくできなかったから……嫌われたのかと思った」

「嫌ったりはしない。俺が無理をさせたくないだけだ。……だが、俺も男だからな。おまえを前にして肉欲を封じ込めるのは耐えがたい苦行だ。棺桶に入っていると思って煩悩《ぼんのう》を払い、やり過ごしたが、ひとまず俺の事情は気にせずともよい」

ふっと強張っていた心がほどける。

春馬も、同じ気持ちだった……。

彼も互いの距離を縮めるために苦悩していたのだ。どうして私ばかりが悩んでいると思ったのだろう。春馬はこんなにも私を気遣ってくれるというのに。

「凜は、なにを望むのだ。どうしたらおまえは笑ってくれる」

碧色の双眸を向けられ、真摯に問いかけられる。

物なんていらない。私は、春馬とともに笑いたかった。共感することが、心の絆を結ぶ初めの一歩だと思うから。

「私の望みは、あなたと一緒に笑うことよ。春馬が楽しいと思うのは、どんなことがあるのか教えて」

「俺の楽しいこと……大変な難題だ。昔の話だが、生意気な羅刹と勝負して打ち倒したときは爽快な気分だったな。凜はどうだ？」

春馬の楽しみは趣味などの域を超えている。私から提案したほうがよさそうだ。

「私は……デートしてみたら楽しい……かな」

「ほう。逢引《あいび》きだな」

「逢引きというと、なんだか秘密の関係みたいなんだけど。デートっていうのは恋人同士でお茶したり、映画を見たりして一緒に過ごすことよ」

「ふむ。ともに同じ時間を過ごすために、お茶や映画を添えるわけか。交流としては有意義だな」

「……そういうことね」

丁寧にデートの意義を解説する春馬は、デートというものを経験したことがなさそうだ。もちろん私も初めてなので、提案したものの、うまくできるだろうかという不安が生じる。

「よし！　明日はデートだ。ともにお茶して映画を見るぞ」

力強く宣言した春馬は私の手を握り込む。

途方もないことになりそうな気がするが、初めてのデートに胸が弾むのを抑えきれない。

その夜、眠るときも春馬は私の手をしっかりと握っていた。

明日のデートへの意気込みが感じられ、頬を緩ませた私は安らかな眠りについた。

やがて夜が明け、星が息をひそめる。

快晴の空を見上げた私はデート日和に安堵し、春馬とともに朝食をとる。なんだか緊張してしまい、ふたりとも無言で箸を動かしていた。

どきどきと胸を弾ませながら、あてがわれている自室で小花柄のワンピースに着替える。

「もっとおしゃれな服を新調すればよかった。でもまさか、こんなに急にデートすることになるなんて思いもよらなかったし……」

声を躍らせつつ、ブラシで長い髪を梳《と》かす。鏡台で薄化粧を施し、最後に鏡に映した全身を確認した。

ほつれた糸はついていない。どこにも汚れなどはない。全体が地味なのはどうしようもないとして、ひとまず支度は調った。

流麗な美貌の春馬の隣に立っていても、おかしくないだろうか。並んで歩いたら、彼に見合っているだろうか。

不安が胸に広がるけれど、あまり彼を待たせてはいけない。

私は小ぶりのバッグを手にすると、部屋を出て廊下を小走りに駆けた。

息を整え、春馬の待っている応接室に顔を出す。

「お待たせ」

「凜。支度ができたか」

ところがソファから立ち上がった春馬の格好を見て、目を丸くする。

なんと彼は燕尾《えんび》服を着用していた。ぴしりと純白の燕尾服を着こなしている春馬は本物の王子さまのごとく凜然と輝いている。とても美麗な姿なのだけれど、朝陽の中ではひどく不釣り合いである。

「……今から夜会が始まるのかしら」

「夜会ではない。デートだろう」

「そうよね。ちょっと、こっちに来てくれる？」

彼の腕を引いて、箪笥の並べられた部屋へ向かう。

街を歩くので燕尾服では目立ちすぎるという説明をたっぷりした私は、簡素なシャツとジーンズに着替えさせた。

不服そうな春馬は袖のボタンを留める。

「この服でよいのか？　デートなのだから、正装で挑むべきと思うのだが」

「正装の感覚が違うのよね……。今日は普段着でいいから」

きっちり撫でつけられた亜麻色の髪を、顎を上げた春馬は大きなてのひらで軽く崩す。額に落ちかかる髪の一房に色気を感じて、どきりとした。

「では、向かうとしよう。まずは映画だ」

まるでこれから合戦に赴くのかと思うほどの闘志を碧色の双眸に燃え立たせている。

とてつもない気合の入れようだ。

ひとまず服装はよしとしたので、微妙な笑みを浮かべた私は春馬とともに屋敷を出た。

屋敷専属の運転手により、車で移動した私たちは映画館へやってきた。

春馬はまるでお姫さまを扱うように、恭しく私の手を取って車から降ろす。

仰々しい仕草と、春馬のモデルみたいに目立つ外見が目を引いてしまい、高級車の周りにはちょっとした人垣ができてしまった。

これで燕尾服だったなら、映画の撮影と思われそうだ。

見物人から私を守るように腕でかばった春馬は、射殺すかのような鋭い眼差しを観衆に向ける。

「見世物ではないぞ。散れ」

「ちょっと。その言い方はやめてくれる？」

低音で発せられた古風な台詞に、顔を背けた見物人はいっせいに散開した。

先が思いやられる。

「凛に言ったのではない。不躾《ぶしつけ》な輩どもに命じたのだ」

「わかってるわよ……。街の人たちは春馬の正体を知らないんだから、傲慢な言動は控えてね。みんながあなたを敬って平伏するわけじゃないのよ」

「そんなことは承知している」

冷静に言うので本当にわかっているのかとも思うが、微苦笑で返す。

姫を誘《いざな》う騎士のように、つないだ手を掲げられて堂々と入館する。

私たちが通るとなぜか人波が割れた。春馬の放つ鬼神のオーラが凄《すさ》まじいらしい。やはりというべきか、春馬は映画館のシステムについてまったくわかっておらず、受付を通さずに奥へ進もうとしたので慌てて止める。

ふたり分のチケットを購入した私は、入場口でもぎられた半券のひとつを春馬に手渡す。

彼は天井の照明にチケットを掲げ、透かして見ていた。

腕を上げて真摯な眼差しを注ぐ姿は、稀少な宝石を吟味《ぎんみ》する蒐集家《しゅうしゅうか》のごとく華麗なのだが、手にしているのは紙の半券である。

「席の番号が書いてあるのよ。指定席だから」

「なるほど」

なるほどと言いつつ、じっくり眺めているので、暗号が隠されているだとか考えているのかもしれない。

私は春馬を席へ導いた。もちろん私と隣同士の座席である。

腰を下ろした春馬は前を見据えたまま、石像のように動かなくなった。まだ上映前なので、スクリーンにはなにも映っていないのだが。

彼の金色の睫毛が瞬きをしているのを確認して、ひと息つく。

ややあって映画の上映が始まったので、私も座席に落ち着く。

ところが本編が始まると、あっと声をあげてしまった。

「どうした、凜」

「う、ううん……なんでもない」

選択したのはホラー映画だったのだ。急いで購入したので、映画のジャンルをよく確認していなかった。

私はホラーが苦手だ。スクリーンには、霧の立ち込める夜の風景が映し出されている。さっそく、なにかが起こりそうな雰囲気だ。

固唾《かたず》を呑んでいると、やがて最初の犠牲者の悲鳴があがり、血飛沫が散った。

「ひっ」

ぎゅっと目を閉じる。そこからもうスクリーンを直視できなくなる。

次々に起こる惨劇を平然と鑑賞していた春馬は、小刻みに震える私に声をかけた。

「凜。あの男の武器だが、刃がついていないぞ」

「……そう」

「武器を振り上げる角度が甘い。あの技量では人間どころか、木すら斬れまい」

「……ふうん」

映画なので作り物だとわかっていなさそうである。

冷静に指摘する彼をどこか微笑ましく思うけれど、怖くて顔を上げられない。

「どうした。見ないのか？」

「怖くて見れないの……」

「あの男はおまえを襲ってはこないぞ。映画は、ただの作り物だ」

ふっと笑った春馬に言い返してやりたいのだけれど、また鋭い悲鳴が聞こえたので首を竦める。

そのとき、ぐいと肩を引き寄せられた。

春馬の強靱な肩に触れ、どきんと心臓が跳ねる。

私の肩に腕を回した彼は空いたほうの手で、肘掛けを掴んでいた私の手をしっかり握る。

「こうしていれば、怖くないか？」

体が密着した緊張で、どきどきと鼓動が駆けてしまう。

彼の手はやはり冷たいのだけれど、心強さを覚えた私の胸は温まった。

「……うん」

上映が終わり、シアターを出る観客とともに私たちも退館する。

春馬は満足げな表情を浮かべていた。私はといえば、映画の恐怖と春馬に抱きしめられていた緊張とで、げっそりしている。

「おもしろいものだ。なかなかに楽しめた」

「……よかったね」

春馬はあれから私の手を離さず、今は恋人のように自然につながれていた。

まだ私が怖がっていると思ったのだろうか。それとも……守ろうとしてくれているのか。

彼と手をつなぐのは、心地よかった。大きなてのひらに包まれる感触が安堵をもたらす。

「このあとは、お茶を飲むのだな。凜は震えてばかりいたから温かいお茶で体を温めるとよい」

「震えていたのは確かだけどね。春馬は恐怖で震えるなんてこと、あるの？」

「記憶の限りは思い当たらないが。凜は俺を魂の入っていない石像だとでも思っているようだな。先ほども不思議そうに顔を近づけてきていた」

「だって息をしてるのかと思って……。座ると、ぴくりとも動かないんだもの」

咎めるような碧色の双眸が向けられたが、春馬の口元は緩んでいた。

「無駄な動きをしないだけだ。油断して顔を近づけると、接吻するぞ」

悪戯めいた笑みを浮かべた春馬は身をかがめ、精悍な顔を傾ける。

キスしてやろうと挑発する動きに、どきんと心臓が跳ねた。

「もう！　冗談はやめてよ。道端なんだから、人が見てるわ。恥ずかしいじゃない」

知らず声が弾んでしまう。

春馬と過ごすのは楽しくて、心がときめいて、自然な笑みがこぼれた。

「見せてやればいい。俺はおまえを愛しいと思っていることを、世界のすべてに表明したい」

「大げさなんだから」

ふたりで笑い合いながら、ふと春馬の発言を反芻《はんすう》する。

私を、愛しいと思っている……？

それは告白だろうか。

かぁっと頬が朱に染まり、どきどきと鼓動が高鳴ってしまう。

デートはまるで魔法のようだ。きっと話の流れの冗談だろうとは思うけれど、あんなにぎこちなかった私たちがこうして笑い合い、楽しい気分になれるのだから。

この煌めく胸の高鳴りが、恋のかけら……？

意識してしまうと、さらにつながれた手から伝わる春馬の体温が気になってしまう。赤くなった顔を見られたくなくて、うつむいた。

春馬はこちらをうかがっていたが、ふと路上の人だかりに顔を上げる。

「あれはなんの集まりか」

「えっと……アイスを買っているのよ。あそこの窓口で買って、歩きながら食べられるの」

キャンピングカーを改造した窓口から、若い女子がコーンに盛られたアイスクリームを受け取っていた。周辺では購入した人々が美味しそうにアイスを舐めている。

春馬はきらきらした目でアイスクリーム屋を見ていた。

「ぜひ、食べてみたい。凜も、ともに食べよう」

「そうね」

彼に手を引かれて窓口へ赴く。

春馬は懐から複数枚の万札を取り出してトレイに載せるので、店員は目を丸くした。

慌てて私は一枚のみを残し、ほかの札を春馬の手に戻す。

「一枚だけで足りるわよ！」

「ほう。安価なのだな」

「味はどれにする？　バニラとかチョコレートとか……いろいろあるんだけど」

「凜と同じものを」

きりりと表情を引き締めて告げる春馬を、店員は笑いをこらえて見ている。どこの御曹司かと思われているのかもしれない。

「バニラをふたつください……」

微苦笑しながら私が注文して、盛られたアイスをそれぞれ受け取る。

左右逆の手でアイスのコーンを持った私たちは、空いたほうの手が何気なく惹かれ合い、相手の手を探した。触れた手と手は、再びつながれる。

こうしていると、恋人同士のようだった。

ぶらりと街路を歩きながら、春馬はアイスにかぶりついた。鋭い牙が陽の光に輝く。

私はその獰猛な牙を、とても美しいと思った。

「ふむ……。こうして食べるのも存外に趣があるものだ」

「買い食いしたのは初めてなの？」

「そうだな。捧げられた供物を立ったまま食べるという行為は記憶にあるが、自ら貨幣を支払ったのは初めてだ」

私の脳裏には、信者が捧げた生贄を貪る鬼神という、絵画のような光景が浮かんだ。まさに伝説の世界だ。

もしかして、その供物は人間の女性だったりして……。

私の想像でしかないのにおもしろくない気分になり、春馬を真似てアイスにかぶりつく。

彼はなにか言いたげに、こちらへ眼差しを注いだ。

「凛……」

なぜ唇を尖らせているのかと、問いたいのだろう。

じろりと春馬をにらみつける。

「その供物というのはもしかして、生贄の花嫁なの？」

瞬きをひとつした春馬は、ゆっくり顔を近づけてくる。

「生贄の花嫁を、喰ってしまうぞ」

低い声音が鼓膜を甘く揺さぶる。彼の碧色の瞳に魅入られるように、私は息を詰めた。

だが、ぺろりと鼻の頭を舐められる。

「……えっ？」

「アイスが鼻についていたぞ」

事もなげに言った春馬は自らの唇を舌で舐め上げる。

鼻にアイスをつけながら唇を尖らせていたのかと思うと、羞恥《しゅうち》に見舞われた。

「もう……恥ずかしい」

笑いながら春馬は残ったアイスにかぶりつく。

「供物とは果物だ。俺が唇を寄せて舌で舐める花嫁は、おまえだけだ」

恥ずかしい台詞を往来で堂々と言うので、頬が火照ってしまう。舐められた鼻の頭が、じんと熱を持ったように感じた。

けれど嬉しくて、胸が軽やかに弾む。

春馬は、私だけが花嫁だと言ってくれたから。

ともに笑みを浮かべた私たちは、街に溶け込んでいった。

第五章　0か月　初夜の契り

屋敷での生活がひと月になる頃──。

少しずつ春馬と心を通わせていく私のもとに来訪があった。

大学から帰宅して部屋に入ろうとしたとき、突如背後から軽やかな声がかけられる。

「リン！」

はっとして振り向くが、そこには誰もいない。庭園には鳥のさえずりが鳴っている。

「今の声は、まさか……コマ？」

呼びかけると、一羽のコマドリが枝から飛び降りてきた。

私の手にのったコマは相変わらず元気そうだ。ふっくらとした体をして、頭の橙色の毛は艶めいている。

ヤシャネコと同じく、私が生まれる前から一緒に暮らしている夜叉のしもべだ。

「今までどこに行っていたのよ。兄さんは帰ってきたの？」

獣医学生の兄は休学してどこかへ旅に出ている。夜叉の後継者なのに、私に政略結婚の花嫁を一任して勝手なことをしているのだから困ったものだ。

問いかけられたコマは羽を震わせ、足踏みをした。

「ユウ！　チチッ、ピピッ、ピュルル」

コマは懸命になにかを訴えている。あやかしだけれど、コマは私たちの名前しか言葉を発せないのだ。

ふと、コマの細い足に小さな紙が結いつけられているのに気づく。

「あら……これ、もしかして……」

ほどいた紙片を広げてみると、そこには兄の筆跡で文字が綴《つづ》られていた。

『僕は神世の書庫にいる。祖母が亡くなった原因について帝釈天と話したい。凛も来てほしい』

兄からの手紙を読んだ私は目を見開いた。

「私たちの、おばあちゃん……」

郊外の屋敷に住んでいるおばあちゃんは、実は祖母ではないと知ったのは中学生の頃だった。彼女は四天王の多聞天であり、父の育ての親だったのだ。

私たちの実の祖母は、先代の夜叉である御嶽の妻になる。赤子だった父をかばい、洞窟での事故で亡くなったのだと聞いていた。

「なにかあるのかしら……。そういえば、お父さんと兄さんが洞窟について喧嘩したことがあったわね」

私が母のお腹にいたときに、祖母が亡くなった洞窟へ家族で行ったことがあるのだという。それについて兄が語ろうとしたら、父は血相を変えて遮っていた。私にはなにもわからないわけなので、泣きそうになっている母をなだめつつ、言い争いを繰り広げるふたりを見ていることしかできなかったのだ。

祖母は殺されただとか議論していたが、ふたりとも実際に現場を見たわけではないので、すべて予想の域を出ていなかった。

「おじいちゃんと帝釈天は、当時の詳しいことを知っていそうね。——わかった、コマ。私も神世に行くわ。兄さんにそう伝えてちょうだい」

「ピ」

了承したコマは手元から飛び立っていった。

神世には闇の路を通って何度も行ったことがある。帝釈天にも、父に連れられて面会したことがあった。

「私を紹介するときに、兄さんは帝釈天の椅子によじ登って怒られていたわね……。本当に勝手なんだから」

子どもの頃を思い出したが、今は立場が異なることに気づかされた。

私は、八部鬼衆である鳩槃茶の花嫁になったのだ。

鳩槃茶は帝釈天側の鬼神であり、夜叉一族を含めた現世に住まう鬼神たちとは本来敵対する間柄である。両陣営の和平を結ぶための婚姻なのだが、そうすると花嫁の私自身は形式上であっても鳩槃茶に付き従うべきであり、夜叉の味方を表立ってするわけにいかない。そのため、夜叉の後継者である兄に会うから神世に行くと、堂々と春馬に告げるのは憚《はばか》られた。

反対されたら、どうしよう……でも、黙って行くなんて……。

考え込んでいたとき、廊下の軋むわずかな物音が耳に届く。はっとして振り向くと、鋭い眼差しを向ける春馬が立っていた。

「あやかしの気配がしたな。夜叉のしもべか」

春馬には見透かされているのだ。

私は、ほっと肩の力を抜いた。彼がなにも気づかなかったなら、黙って神世へ向かっていたかもしれない。そんな形で春馬を裏切らずに済んだことに安堵した。

けれど、夜叉の後継者である兄に会うとは正直に言えなかった。祖母の話は家族の問題ではあるが、一族の存在を揺るがすものに発展するかもしれない。なにより春馬に心配をかけたくなかった。

「おじいちゃんに会いたいの。神世に行ってもいいかしら」

とっさに、祖父の御嶽を持ち出す。

隠居した先代の夜叉は威厳があるが、私と兄には優しく接してくれていた。兄に面会することについても味方になってくれるはずだ。

春馬は碧色の双眸を細める。

「今のしもべは、御嶽殿からの呼び出しか？」

「そ、そうね。顔が見たいだとか、そういうことだと思う。あなたと仲良く暮らしていることも報告したいと思っていたところだから、ちょうどよかった」

意外にも春馬は、あっさり頷いた。

「では、ともに神世へ行こう。ただし、御嶽殿の屋敷や夜叉の居城に泊まってはならぬ。俺の城に花嫁として戻り、俺と同衾《どうきん》するのだ。御嶽殿と話す場はこちらで設けよう」

「もちろんよ。私は春馬の花嫁だもの」

同衾とは、一緒の布団に入ることだ。今までと同じで、手をつないで眠るだけである。

ひとまず神世へ行って祖父と話せれば、兄に会えるように取り計らってもらえるだろう。

こうして私は鬼神の花嫁として、神世へ向かう決意を固めた。

春馬に手を引かれた私は屋敷をあとにして闇の路を通り、神世へ足を踏み入れた。

久しぶりに訪れる神世は曇天が広がっている。雲の隙間を縫うように、邪龍《じゃりゅう》の種族であるソラミズチが黒く細い姿をくねらせて飛んでいるのが見えた。妖気にあふれた気配は現世とは比べものにならないほど凶悪で、まさに鬼神の住まう異界の様相を呈している。

闇の路を出ると眼前には、豪壮な鬼神の居城がそびえていた。

どうやら現世にある春馬の屋敷と居城とを、つなげているらしい。

鳩槃茶の居城を訪れるのは初めてだ。運河に囲まれた城は優美な大天守を誇っている。

見惚れていると、城門の向こうから一頭の白馬が駆けてきた。

「シャガラ！　花嫁を出迎えよ」

勇壮な白馬は春馬のしもべらしい。

シャガラはそばまでやってくると蹄《ひづめ》を鳴らし、巨体を地に伏せた。私の足元に首を下げている。主の花嫁に忠節を示してくれたのだ。

「ありがとう、シャガラ。頭を上げていいのよ」

動物が大好きな私はヤシャネコにそうするのと同じように、身をかがめてシャガラの首をそっと撫でた。

すると甘えるように鼻を鳴らしたシャガラは、頭をもたげる。

気持ちよさげに私の腕に顔を寄せるので、さらに銀色のたてがみを梳くように撫でた。懐いてくれたのだろうか。

「とても人懐っこいのね。シャガラが出迎えてくれて嬉しいわ」

戯れる私としもべを目にした春馬は驚きの表情を見せていた。

「なんと……シャガラは俺以外の誰にも懐かぬ。しかも犬のように甘えるなど、信じられぬことだ」

「そうなの？　じゃあ、私を気に入ってくれたのかしら」

「しもべには好みを表すなど許されぬ。差し出した首を踏みつけられようとも、主の花嫁として敬わねばならない。それが忠節というものだ」

首を踏みつけるなんて、そんなことをするわけがない。神世の厳しい上下関係を改めて知り、窮屈な思いがした。

「私はそんな乱暴なことをしない。シャガラも家族として、大切にするわ」

夜叉のしもべであるヤシャネコとコマは、父には主として礼を尽くしているけれど、家族の一員だとして兄弟同然に育ってきた。下僕でも、ペットでもない。それと同じように、春馬の眷属であるシャガラも大事にしたい。

春馬は私の主張に黙していたけれど、碧色の瞳はなにか言いたげだった。

鳩槃茶の花嫁として失格だと言われてしまうかもしれない。けれど、慈しむ心を失うことをしたくない。曲げるつもりはなかった。

「凜は、優しいのだな。おまえの好きなようにするがいい」

双眸を細めた春馬に呆れた色はなかった。その声は、まるで深い感銘を受けたかのような響きを帯びていた。

安堵した私は、ほっと胸を撫で下ろす。

私……春馬に嫌われたらどうしようと、怖かった。

どうしてそんな気持ちになるのだろう。好かれようが嫌われようが、私たちは政略結婚の夫婦なのだから関係ないはずなのに。

するとシャガラはそわそわし出して、背中を揺らした。

「遠乗りに行くか。シャガラは凜を背中に乗せたいようだ」

「でも私、馬に乗ったことがないのよ」

「俺とともに乗れ。後ろから抱いているから、手綱を掴んでいろ」

「えっ……後ろからって……」

私が前に乗り、背後の春馬に抱き込まれる格好になるのだろうか。そんなに密着されたら心臓がもたなそうだ。

「わ、私が後ろで春馬の背中を掴んでいるというのは、どう？」

バイクなどではそのようにふたり乗りするのではないか。密着するのに変わりはないけれど、こちらが背中に抱きつく形のほうが、胸の鼓動は抑えられる気がする。

ところが春馬は平然として却下した。

「馬は後ろ足に駆動があるゆえ、後ろのほうが揺れる。俺が凜を抱える体勢でなければ振り落とされるぞ。さあ、前に乗れ」

前に乗るしかなさそうだ……。

きちんとお座りをしたシャガラは嬉しそうに尻尾を振って、私が腰を下ろすのを待っている。

スカートでなくてよかったと思おう。

「それじゃあ……乗せてもらうわね。シャガラ」

「ブルルッ」

白馬の背中を跨ぎ、腰を下ろして手綱を持った。すると後ろに跨った春馬は、私の体を覆うように腕を回す。

ぴたりとふたりの体が密着した。

手綱を持っている私の手を、春馬の大きなてのひらが握り込む。

シャガラが立ち上がり、降りられなくなってしまった。春馬に抱きしめられている状態なので、どこにも逃げ場がない。

「わ……すごく、高いのね」

通常の馬よりもさらに体高があるシャガラに騎乗すると、遠くまで景色が見渡せた。

高さのせいだけではなく、どきどきと鼓動が鳴りやまない。

両手は大きなてのひらに握られ、背中には頑健な胸板が押しつけられている。

「俺がしっかり抱きしめているから案ずるな。景色を楽しめ」

春馬は馬腹を蹴った。

合図を受けたシャガラは蹄を鳴らし、城に背を向けて駆けていく。

街を抜けて郊外へ。

次々に移り変わる風景に驚きつつ、爽やかな風を感じた。

疾駆するシャガラの背が規則的に跳ねる。手綱を一緒に握っている春馬とともに体が揺れて、一体感を得られた。

林を駆け抜けながら、春馬の声が風を縫って耳元に吹き込まれる。

「つらくはないか？」

「ううん、とても、楽しい……！」

その答えに、ふっと春馬が安堵の息を漏らすのを耳朶《みみたぶ》に感じる。それほどふたりの距離は近かった。

やがて森の中で、シャガラは歩を緩める。

木漏れ日が優しい森は静かで、鳥のさえずりが聞こえた。

ややあって、木々の狭間《はざま》に開けた場所を見つけた。くぼみのある荒れ地の中央には、わずかな水が残っている。

「ブルル……」

荒れ地を見たシャガラが寂しげな声をあげた。飛んできた小鳥が中央の水溜まりのそばに降り立ったが、すぐに飛び去ってしまう。

「少し休むか」

ひらりと身を翻した春馬は下馬する。私に手を差し伸べたので、彼の手を借りてシャガラの背から降りた。

「シャガラは水を飲みたそうね。ここは、もとは泉だったのかしら」

「ああ。以前は潤沢な水場で、多くの動物が集まっていたのだがな。雨が少ないためか、干上がってしまったのだ」

先ほど小鳥が降り立った水溜まりに向かう。歩いてみると、かつては泉だったくぼみの土は固まり、ひび割れていた。

中央に辿り着き、泉の名残を覗く。残った水は汚れていて、飲める状態ではなかった。これでは水があると期待して訪れた動物たちは、がっかりして引き返すしかない。

私の力で、泉を回復させられないかしら……。

命を再生する能力は、無から有を生み出すことはできない。けれどこの泉が以前は潤沢な水を湛《たた》えていたのなら、せめて汚水を綺麗にすることは可能かもしれない。

手を伸ばしかけた私は、はっとしてその手を引く。

能力を使ったときに周囲の人が見せる、嫌悪の顔が脳裏に浮かんだ。あやかしたちにも、これではないと罵倒された記憶がよみがえる。

また失敗するかもしれない。毒の泉を湧かせてしまったら、どうしよう。

そっと目の端で春馬をうかがうと、彼は木陰でシャガラの手綱を結び直していた。

忌避されるのは怖い。

でも、泉を取り戻せたなら、誰かの喉を潤してあげられる。

迷いを振り切り、私は汚れた水溜まりに手を伸ばした。

意識をてのひらに集中させる。ぽう……と淡い光が発せられた。

その光に呼応するように、水の底から光の核が出現する。これが、生命の源だ。

懸命に力を注ぎ込むけれど、光は広がるどころか、点滅してしまう。

消えてしまう……？

泉を復活させるなんて、無理なのだろうか。でも、諦めたくない。

私は両手をかざし、体の奥底を振り絞るように光を送り込む。

すると、ごぽっと音がして、わずかな水が湧き上がった。

目を見開いた、そのとき。

「きゃあっ！」

勢いよく噴き上がった水に、体が弾き飛ばされる。轟音とともに湧き出た水流が、瞬く間に奔流をくぼみに行き渡らせた。

「凜！」

こちらに駆けてきた春馬が水流に呑み込まれる。

私はもがきながら必死に手を伸ばした。けれど押し流されてしまい、届かない。ふたりは引き離されてしまう。

溺れる——。

水に呑まれてしまうと思った刹那。

しっかりと私の体が抱えられた。顔を水面に出し、息を継ぐ。

「ぷはっ……」

「無事か⁉ 息をしろ！」

間近から必死な形相でうかがう春馬が目に映る。いつも平淡な彼が感情を昂《たか》ぶらせるなんて、意外だった。

「大丈夫よ。こんなに水があふれるなんて思わなかったから、驚いただけ」

「そうか……よかった」

安堵の息を吐いた春馬に抱えられて、岸辺まで泳ぐ。

水から上がると、ずぶ濡れの服は水滴をしたたらせ、水溜まりを作った。

それが透明な水だったことに、ほっとする。

見渡すと、陽射しのもとに清涼な湖が広がっていた。先ほどまでの荒れ地はもうどこにもない。水が満ちるとこんなにも景色が変わるのだ。

「服を乾かそう。脱げ」

事もなげに告げた春馬は、ばさりと上着を脱いだ。彼は自らの服を木の枝にかけている。

あっさり脱げと言われても困る……。

かといって、このままで帰るわけにもいかない。濡れた服を絞るくらいはしないと。

まごついていると、ズボンも枝に干した春馬は下穿きのみの姿でこちらを向いた。

「どうした。干してやるから服を脱げ」

「何度も脱げって言われても困るから！」

「なにも裸を見せろなどと言っているわけではないぞ」

「当たり前でしょ！　あっちを向いていて」

嘆息した春馬は顔を背けると、木の根元に腰を下ろした。

彼が湖面を眺めているのを確認して、脱いだ衣服の水を絞る。

下着姿になった私の素肌を、風が吹き抜けていった。

まったくもう……デリカシーがないんだから。

せっかくだから乾かそうと、チュニックとカプリパンツを春馬の大きな服の隣に干す。そうしてから、春馬と同じ木の根元に腰を下ろした。彼からは見えない位置だ。

ちらりと目を向けると、剛健な肩と濡れた亜麻色の髪が見えた。

湖は陽の光を反射して、きらきらと煌めいている。シャガラが首を垂らし、美味しそうに水を飲んでいた。

低い声音が、ぽつりとかけられる。

「以前の泉より、とても大きな水場になった。よみがえらせたばかりか湖にしてしまうとは、驚きの能力だな」

「あ……」

春馬に、命を再生する能力を見られてしまった。

やはりかつての泉とは風景が異なるらしい。飲める水のようだが、水質も変わったかもしれない。

気味が悪いと思われただろうか。彼が鬼神であっても、奇妙に見えることに変わりはない。

この能力は私のコンプレックスの源だった。せめて兄のように純粋な治癒能力だったなら、生き物の怪我を回復させるなど成功が目に見えてわかるのに。私の持っている能力はわけのわからない魔術を施したように見えて、畏怖を抱かせてしまう。

「命を再生する能力なの……。でも、もとの形とは違ったものに変化してしまって、うまくいかなくて。夜叉の血族でも、異端なのかな。気味が悪いよね……」

「気味悪くなどないぞ。卑下《ひげ》することなどない」

「えっ？」

きっぱりと言い切った春馬を振り返る。彼は大樹の向こう側で泰然と座していた。

「稀有ゆえに疎まれることもあるかもしれぬが、それは真の価値を知ろうとしないからだ。あれを見よ」

春馬が指差した方向には、枝から降り立った小鳥がいた。先ほどの小鳥が戻ってきて、水を飲んでいるのだ。そのあとに続き、ほかの鳥たちも湖畔に集まってきている。

「鳥たちは凜のおかげだとは気づかぬまま、水を飲んでいるかもしれぬ。だが凜が湖をよみがえらせなければ、水を得られず死していただろう。おまえの能力と行いは、とても価値あるものなのだ」

「そうかしら……」

水を飲んでいたシャガラが首をもたげた。「ブルルッ」と声をあげると弾けた水滴が飛び散り、きらりと光る。

「シャガラは凜に感謝しているぞ」

元通りの泉にはできなかったけれど、誰かのためになるのなら、この能力を疎まなくてもいいのだろうか。

春馬は私の能力を否定しなかった。価値あるものだと言ってくれた。

果たしてそうなのか、自信なんて持てない。今回は丸く収まっただけかもしれない。

だけど彼の柔らかな声が、私の胸にわだかまっていた澱をほぐしてくれる。

「ありがとう、春馬――」

ふと目を向けると、彼は体を傾けてこちらを見ていた。

下着姿の私は、頬を引きつらせる。

ばしゃりと、すくい上げた水を春馬の顔にかけた。

「見ないで！」

「……すまない。つい……」

てのひらで顔にかかった飛沫を拭っている春馬の耳朶が赤くなっている。

それを目にした私は顔を背けて、自分の耳を隠した。

きっと、赤くなっているだろうから。

ふたりの沈黙を、湖面を波打たせる風がさらっていく。

「……凜。寒くないか」

「……少し。でも、着るものはないから……」

いずれ服は乾くだろうけれど、乾かなければ、ずっとこうしていられるのだろうか。

問いかけた春馬は身じろぎをして、なにやら腕を動かしていた。

え、なに……まさか、抱きしめて温めるなんて、言わないよね……。

どきどきと鼓動が昂ぶってしまう。

すると彼は腕を伸ばしてきた。びくりとして足の爪先を強張らせる。

だが見ると、春馬の手は小さな桃色の花を差し出していた。

「しばし、これを着ているといい」

そう言って髪に挿してくれた彼は、さっと顔を背けて、また湖に目をやる。

「見ていないぞ」

「……うん」

髪に飾られた桃色の花に手をやると、なぜか温かみを覚える。

春馬の不器用な優しさは、水のごとくしっとりと、心に染み込む。

初めて知る愛しさが、私の胸に湧き上がった。


太陽が傾くと強い風が吹き、乾いた服がなびいた。

湖畔で休憩した私たちは服を着込むと、再びシャガラの背に乗り、森を抜ける。

辿り着いた丘の上からは、広大な森が見渡せた。遠くの山の稜線に、夕陽がその身を沈めようとしている。

出立したときは曇天だったが、晴れてよかった。

下馬した私たちは並んで、赤々と燃える夕陽を眺める。

「凛の瞳の色に似ているな」

「……そう？　私、この目が嫌いなの」

鬼みたいと忌避されるから。

同じ鬼でも春馬のように、綺麗な碧色の瞳だったらよかったのに。

瞳の奥に宿る真紅の焔は、まさしく凶悪な夜叉を表している。

夕陽を受け、双眸を橙色に染め上げた春馬は、首をかしげてこちらを見た。

「俺は、好きだ」

その言葉が沈みかけた心をすくい上げる。

ふと目線を横に向けると、彼の顔が間近に迫っていた。

瞳を覗き込まれても、目を逸らさなかった。春馬の眼差しをまっすぐに受け止める。

「好きなのは、瞳の色？　それとも……」

「おまえのすべてだ」

優しく唇が触れ合う。

初めてのキスは胸を熱く焦がした。

春馬が……好き……。

彼への想いが胸にあふれる。恋心はたとえようもなく純粋で、甘美な衣をまとっていた。

春馬を、ずっと大切にしたい。私の、すべてをかけて――。

重ね合わされた唇は夕陽が沈んでも、離れることはなかった。

遠乗りから居城へ戻ったときには、空に星が瞬いていた。街の灯を遠くに見ながら、城門をくぐる。

「疲れたろう。花嫁を迎える儀式は、明日以降にしよう。しもべたちを広間にそろえて忠誠を誓わせる」

なぜか春馬の声が優しく私の鼓膜をくすぐる。背後から抱きしめている腕は、体を包み込んでいた。

「仰々しいことはしなくていいわ……。春馬がそばにいてくれるだけでいいから」

春馬は無言だった。私を抱きしめる腕に、ぎゅっと力がこもる。

シャガラが足を止めると、従者が駆け寄ってくる。下馬した私たちは入城した。

煌々《こうこう》と明かりが灯された壮麗な城の奥へ通される。

城内の奥まった区域は、主と花嫁が生活するための居室が連なっていた。

私の手を引いていた春馬は、その手を侍女に預ける。慇懃な侍女たちに囲まれ、湯殿へ向かった。

胸にはひとつの予感が芽生えている。

もしかして今夜が、本当の初夜になるかもしれない……。

春馬は私を好きだと言ってくれた。でも私はまだ、彼に想いを打ち明けていない。褥で事に及ぶ前に告げるのは、なんだか唐突すぎる気がする。どうして夕焼けを見たときに言えなかったのだろう。

石造りの湯船の中で身じろぎすると、ちゃぷんと湯が波打った。すると春馬が髪に挿してくれた桃色の花が、はらりと落ちて湯に浮かぶ。

花を両手ですくい上げると、唇に寄せた。まるで彼の分身であるかのように、花弁にくちづける。

まだ唇には、雄々しい唇の感触が残っていた。

キスされたときは陶然として、胸がいっぱいになった。あの感覚が恋なのだ。

私は、彼に惹かれている……。

――春馬と、結ばれたい。

彼を想う胸のときめきが、星のごとく煌めいた。それは初めての感情で、心が甘く浮き立つ。

けれど、春馬はどうなのだろう。初夜での私の様子から、契りを結ぶのはまだ早いと考えているかもしれない。それに城に迎えたばかりの花嫁が結ばれたいと求めるなんて、礼儀知らずだと叱られてしまいそうだ。

湯船からあがると、百花繚乱が描かれた豪奢な真紅の着物をまとい、床まで垂れる繻子《しゅす》の帯を緩く締められる。乾かした黒髪が、さらりと着物に舞った。

侍女に連れられて、初めての寝所へ赴く。

最奥の重厚な扉の前で「花嫁さまのお支度が調いました」と小さく侍女が声をかけ、扉が開かれた。

どきどきと鼓動が高鳴る。

室内に踏み出すと、薄衣の几帳に囲まれた寝台があった。それを蝋燭《ろうそく》の灯火がほんのり浮かび上がらせている。

屋敷と似た造りの寝所にどこか安堵を覚えつつ、春馬の姿を目で探す。

すると、蝋燭が灯された燭台の陰に座る彼を見つけた。立てた片膝を浴衣から覗かせ、物憂げな格好で窓辺にもたれている。考え事でもあるのか、碧色の双眸は外を眺めていた。

こちらに目を向けないことに、かすかな憂いが胸に落ちたが、今日はずっと騎乗して手綱を操っていたので疲れているのだろう。初夜のことで煩《わずら》わせてはいけない。

私は几帳をめくりながら、小さく声をかけた。

「先に寝るね。おやすみなさい」

「待て」

鋭い声を返され、薄衣に触れていた手がびくりと跳ねる。

「その着物は寝間着ではない。花嫁の初夜の衣装ゆえ、寝所には脱いでから入るものだ」

「あ……でも、この着物の下は……」

豪奢な着物を見下ろす。

確かにこの衣装を着たまま寝ては、かさばるだろう。けれど、着物の下にはなにも身につけていない。脱いだら全裸になってしまう。

初夜の花嫁は旦那さまに純潔を捧げるのだから、それが正しい作法なのだとわかってはいるけれど……。

繻子の帯に手をかけて迷っていると、ふと黒い影に覆われる。

驚いて顔を上げたとき、春馬はすぐそばに立っていた。

「俺が脱がせる」

決意を込めた響きが予感を本物にする。

真摯な双眸を向けてくる春馬と、視線が絡み合う。彼は私と目を合わせたまま、帯の結び目をほどいた。

怯えそうになる私の心をなだめるように、春馬は柔らかな声をかける。

「心配はいらない。おまえの体を優しく撫でて、愛する」

さらりと、解けた帯が床に落ちる。着物の合わせが緩み、胸元がさらされた。

春馬は着物の襟に両手をかけると、そっと割り開く。

「見てもいいか」

私を見つめる碧色の双眸は切迫していた。

旦那さまが花嫁の裸を見るのに、なんの遠慮がいるというのだろうか。

けれど率直に、どうぞなんて言えなくて、私は唇を震わせる。

「恥ずかしい……から……」

見つめ合いながら、くちづけが交わされた。

触れるだけの優しいキスではなく、雄々しい唇に下唇を食《は》まれる。

ばさりと私の肩から外された着物が滑り落ちる。

なにもまとうものがなくなった裸体を、きつく抱きしめた春馬は腕の中に閉じ込めた。

薄衣がめくれ上がり、私の体は褥に横たえられる。

「俺のものにする。契りを交わしたい」

見下ろしてくる精悍な相貌が、ずきんと胸を疼かせた。

愛しい夫と体をつなぐという昂揚と緊張に、息が忙しなくなる。

「私も……」

あなたと結ばれたい——。

そう口にしたいのに、私の声は喉から絞り出したかのように掠れてしまい、最後まで紡げない。

どうしよう。緊張してはいけないと思うほど、体が強張ってしまう。

それを和らげるように、春馬の唇が首筋を優しく辿る。私の肌を大きな手が愛撫《あいぶ》し、唇で濡らしていった。

そうされるほどに、未知の行為に恐れがにじんでしまい、さまよわせた手で縋るように、ぎゅっと枕を掴む。

やがて膝裏に手をかけられたとき、張りつめた緊迫に耐えきれなくなる。

「ひっ」

細い悲鳴をあげると、春馬は碧色の双眸をこちらに向けた。

「怖いか？」

「……ん」

なにも答えられず、曖昧《あいまい》に頷いてしまう。

彼は私の足を持ち上げながら体を伸ばすと、くちづけてきた。視界が覆われ、春馬の雄々しい唇が押し当てられる。

「愛している」

「あ……は、春馬……」

キスしながら睦言《むつごと》を囁《ささや》かれ、彼への恋慕と行為への恐れがせめぎ合う。

そのとき、下肢につきりとした痛みが走り、顔をしかめる。

「うぅ……」

あまりの疼痛《とうつう》に呻き声が漏れた。獰猛なものに割り開かれる感触に体が軋み、歯を食いしばる。

けれど、ふいに衝撃は去っていった。

目を瞬かせると、身を起こした春馬は冷静に告げる。

「今宵は、ここまでにしよう」

「え……でも……」

私は、彼を最後まで受け入れていない。

体に力が入りすぎたのが、いけなかったのだろうか。

それとも私が拒絶のような反応を見せたから、春馬は冷めてしまったのか。

戸惑いが胸に広がるが、肩は未だに震えていた。

春馬は震える肩を、そっと撫で下ろす。

「裂けてしまいそうだ……。傷つけたくない。時間をかけて、ゆっくり凜の体をほどいていこう」

私が彼を受け入れられなかったのに、春馬はいっさい責めなかった。それどころか体を気遣われ、申し訳ない思いがする。

「ごめんなさい、私……」

「謝らないでくれ。うまくやろうとしなくていい。ありのままのおまえを、俺は受け入れたい」

ぎゅっと抱きしめられ、春馬の想いが身を通して心に染みる。

抱き合うふたりの体が褥に沈んだ。

ようやく想いをつなげられたと思ったのに、またしても夫婦の契りを交わすことができなかった。

春馬は私を愛していると言ってくれた。優しく接してくれたのに、夫を受け入れることができないのは、私のせいだ。

好きだから体を許したいのに、なぜうまくいかないのだろう。

私たちは、いつ本当の初夜を迎えられるの？

焦りが胸を迫り上がり、目から涙がこぼれ落ちてしまう。

泣いてはいけない。彼の願いを叶えられないばかりか、落涙して迷惑をかけるなんて、花嫁として失格だ。

小刻みに肩を震わせながら、春馬の強靱な胸に顔を伏せる。

春馬は大きな手で、優しく私の頭を撫でた。

「凜……泣いているのか？」

「……ううん」

泣き言が口をついてしまいそうで、それしか言えなかった。

頑強な胸は私の涙で濡れているのだから、とうに春馬にはわかっているのだ。

「ずっと、おまえのそばにいよう。離さないからな……」

甘くて深みのあるまろやかな声が、耳朶をくすぐる。

謝罪の代わりに、今の私が言える精一杯の想いを口にする。

「私も、あなたのそばにいたい」

彼の期待に応えたい。花嫁として、認められたい。契りを交わさなければ、春馬が望む世継ぎは生まれない。

けれど、そのような考えでは、彼を受け入れることができないのかもしれない。

私は、春馬を心から愛していないのかしら……。

それとも夜叉姫の私を誰も愛するはずがないと、無意識に己の心を縛りつけているせいだろうか。

春馬の熱い体温に包まれて、瞼を閉じる。彼の手はずっと私の髪を愛しげに撫でさすっていた。

泣き濡れた私はやがて、眠りの淵に落ちていった。

翌朝、侍女に着替えを手伝ってもらい、小花柄の着物と羽織をまとう。

昨夜の失態を思い返すと落ち込んでしまうが、来客があると聞いたので、気を取り直した私は客間へ向かった。

「おじいちゃん!」

「おお、凛。久しいな。大きくなった」

祖父である御嶽が椅子から立ち上がり、漆黒の着物を翻す。先代の夜叉は威風堂々としているけれど、孫の顔を見て相好を崩すのは相変わらずだ。

「花嫁らしく、美しくなった。息災でなによりだ」

「私は元気よ。――あの、コマが私のところに来たのだけれど……」

付き添っている春馬がそばで見ているが、兄が神世にいることを話してもよいだろうか。

表情を改めた祖父は、ためらいなく切り込む。

「コマはわたしのもとへも訪れた。どうやら悠は、祖母の死因を巡り、帝釈天の不興を買ったようだな。善見城に幽閉されているという噂がわたしの耳に入っている」

「幽閉!? 兄さんは神世の書庫にいると、手紙をくれたわ」

「詳しい真偽は不明だ。そこで凛に頼みたいのだが、悠を善見城から連れ出してもらいたい。もちろん、わたしも同行する」

「わかったわ。……兄さんは、おばあちゃんの死について帝釈天と話したいと望んでいたけれど、おばあちゃんは洞窟の事故で亡くなったのではなかったの？」

祖父は沈黙した。妻を失ったことに、彼は触れたくないのだと感じられる。

それは、悲しみを振り返ることになるからだろうか。それとも……別の理由があるのか。

「おまえたちには帝釈天を問いつめる権利がある。だが、わたしとしては過去を蒸し返して事を荒立てたくはない。悠を暴走させぬよう、凜が止めるのだ」

私は自分の役目を承知して、頷いた。

その一方で、祖父は事故だと肯定できないのだと知る。

穏便に済ませたいという祖父の意向には賛成だが、波風が立つ要素があるというのだろうか。祖母の死が、帝釈天とどういった関係があるのか。

祖父は私の手をすくい上げると、春馬に顔を向けた。

「善見城へ行く。鳩槃荼は同行するか？」

「無論、付き添わせてもらう」

ふたりとともに、私は帝釈天の居城である善見城へ向かった。

運河を渡る舟に乗った一行は、やがて須弥山《しゅみせん》に辿り着く。

幼い頃に訪れたことのある善見城は、変わらない壮麗な姿を見せていた。

神世の書庫は善見城の内部にある。見たことはないけれど、子どもの頃に探検した兄が興奮して語っていたのを思い出した。

牛の頭を持つ兵士が守護する表門をくぐり、城内へ足を踏み入れる。

ところが重鎮らしき側近が朱塗りの柱の陰から現れ、行く手を阻んだ。

「みなさま、何用でございましょう」

「帝釈天に話がある。わたしの孫の悠が、幽閉されているそうだな」

長い装束を身にまとった老齢の側近は目を細める。

「御嶽殿。その解釈には諸説ございます。帝釈天さまは夜叉の後継者を大変重宝されており、交流を図っていまして、そのためか近頃はお心が繊細になられまして……」

「結論を言え」

「鬼神さま方にお会いになることを、帝釈天さまは好みません。おふたりは控えの間でお待ちください。悠殿の妹君は、書庫へどうぞ」

私だけが謁見できるようだ。

祖父と春馬を振り返り、しっかりと頷く。ふたりはかすかな不満を浮かべていたが、側近の案内に従った。

いくつもの扉をくぐり、城の最深部へ向かう。

石造りの階段を下りると、ひときわ古びた扉が現れる。まるで物置に通じるような、簡素な木の扉だ。これまでの重厚な装飾がついた扉とは雰囲気がかけ離れていた。

まさか、ここに兄さんは閉じ込められているの……？

取っ手に鍵はついていない。見張り番も立っていなかった。

ごくりと息を呑み、扉を開ける。ギイ……と軋んだ音が辺りに鳴り響く。

室内から、独特の書物の匂いが流れてくる。どこか懐かしいような香りに誘われて、内部に足を踏み入れた。

その部屋は壁一面に書架が張り巡らされていた。窓はなく、そこかしこに灯火のあやかしが漂っている。まるで異界のごとく幻想的な光景だった。

「兄さん、いるの？」

呼びかけると、奥のほうから人の気配がしたので、書棚を通り抜けてそちらへ向かう。

すると、梯子《はしご》に絡みつくように腰を下ろしている金髪の少年を見つけた。

彼は帝釈天だ。久しぶりに会ったが、神世の主は年月が経過してもまったく姿が変わらず、麗しい美貌を誇っている。

だが、今は年相応の少年のように、あどけなく唇を尖らせていた。

長い梯子を見上げると、遥か上の書棚を漁《あさ》っている兄の姿が見える。

帝釈天は梯子の上の兄に呼びかけた。

「悠よ。いつまで我は梯子を支えておればよいのだ。神世の主たる我に梯子を支えろなどと命じるのは、そなたくらいのものだ。そなたは幽閉されている身でありながら……」

「もう下りるよ！　神世の主が梯子と一体化したなんて伝説が残ったら、笑い話になるからね」

するすると梯子を下りてきた兄は、一冊の古びた書物を手にしている。彼の肩にとまったコマが私を見て「ピピッ」と鳴いた。

兄は私を目にすると、人好きのする笑みを見せる。

「やあ、凜。僕からの手紙、読んでくれたよね」

「読んだわ。兄さんが幽閉されているというから迎えに来たのよ。そのわりには随分と自由そうだけど……どういうことなの？」

「幽閉だなんて大げさだな。調べたいことがあったから、ここにこもってるだけさ。でも帝釈天のプライドがあるから、建前として幽閉ということにしてるんだよ。――僕と親友なのは秘密だろう？」

そう問いかけられた帝釈天は美しい顔をゆがめている。

私と違い、気さくな兄は誰とでも友人になれるという特技を持っている。それは神世の主にも通用するようだ。

「そなたたち！　我の髪をほどかぬか。梯子に絡まってしまったではないか」

「はいはい。怒るなよ」

笑いながら金の髪をほどく兄とともに、私も絹糸のような帝釈天の髪に触れる。すっかり長い髪がほどけると、傲岸な支配者は両手を掲げる。その腕は真っ白で、折れそうなほどに細い。

「我の手を取るのだ。永劫の時が経ったので根が張った」

兄と私は手を貸して、帝釈天を立ち上がらせる。

「そんなに時間は経ってないと思うけどな」

「正直に言いなさいよ。足が痺《しび》れたんでしょう？」

柳眉をひそめる帝釈天は沈黙していたが、足がふらついていた。普段は椅子に寝そべってばかりいるので、運動不足と思われる。

ひとまず庫内にある長椅子に腰を下ろさせる。帝釈天の左右を挟んで、兄と私も腰かけた。

座ってから気づいたが、神世の主と同じ椅子に腰かけるなんて不敬だろう。

だが帝釈天はなにも言わず、兄も平然としている。ふたりはいつもこうして並んで座り、語り合っているのだと思われた。本当に友人のようだ。

兄は小脇に抱えていた古い書物を手に取り、ぱらぱらとめくる。

「僕たちのおばあちゃんの死因について調べていたんだ。事故だとされていたけど、そうじゃない。この記録によると、兵士に追跡された際に洞窟内で雷に打たれたとある。でも洞窟に落雷があるわけないから、その時点で矛盾しているだろう？」

それを聞いた神世の主は虚を突かれたように、翡翠色の目を瞬かせた。

兄は興味深げに書物をめくりつつ、淡々と言葉を継ぐ。

「帝釈天が、御嶽の妻を処分しろと兵士を差し向けたわけだよね？」

「……我は知らぬ」

「僕の古い記憶と父さんの証言を統合すると、おばあちゃんが持っていたお守りからこぼれた珠が電撃を発して、彼女を死に至らしめたらしい。恐らく帝釈天の電撃を込めた珠を、お守りにこっそり入れたんじゃないかと僕は推察している」

電撃を落とすのは帝釈天の持つ能力である。

ということは、祖母が死んだのは事故ではなく、帝釈天が仕組んだことだったのか。

歯噛みした帝釈天は、声を絞り出した。

「……あの頃の我は、人間の女が神世を滅ぼすと思っていた。だが御嶽の存在を考慮すると、表立って追放はできぬ。ゆえに御嶽を城内にとどめ、あの女に珠を渡して帰させた。――そなたらは信じぬだろうが、我は殺害を意図したわけではない。珠から電撃が発せられたのは偶然だ！　あの女の運がよければ、珠は弾けなかったかもしれぬ。我はそれを試したまでだ」

すべてを吐き出した彼は、ひどく憔悴《しょうすい》したように背を丸める。兄は華奢な背中に、ぽんと手を添えた。

「打ち明けてくれて、ありがとう。僕は真犯人を見つけ出して罪を償わせたいわけじゃない。真実を知りたかっただけなんだ」

「そうね……。私も、正直に話してくれた帝釈天を許したいわ」

祖母の死は、限りなく故意に近い事故であったというのが真相だった。

私が子どもの頃の帝釈天は今よりもっと苛烈で、近寄りがたいオーラを発していたが、兄の影響なのか丸くなった。おそらく事故が起こった当時は、現役の夜叉だった祖父との諍いも熾烈《しれつ》を極めていたのではないだろうか。

祖母を死に至らしめたことは許しがたいけれど、今こうして小さくなっている彼を断罪したくはない。

私も幼子をなだめるように、そっと帝釈天の肩に触れる。

すると、ぽつりと神世の主は言った。

「我が……悪かった。そなたたちの祖母を死なせて、すまぬ」

謝罪した帝釈天は頭を垂れた。

こんな姿を見たのは、私たちふたりだけではないだろうかという驚きが走る。

けれどすぐに呻いた神世の主は私たちを押しのけると、ふてくされたように寝椅子に体を横たえた。

書庫から出た兄と私は階段を上り、静謐な廊下を歩んでいく。

すると、祖父と春馬がすでに控えの間の前で待ち構えていた。

「来たか、ふたりとも。事の次第は聞いていた」

書庫にいた灯火のあやかしのひとつが、祖父の周囲をゆるりと飛んでいる。

どうやら善見城のしもべを操っていたらしい。書庫での会話はすべて筒抜けだったのだ。

兄は大きく嘆息する。

「おじいちゃんはとっくに真相を知っていたんだよね？　でもそれを利用して、夜叉一族の地位を確保しようという算段だったのかな」

「口を慎め、悠。帝釈天に罪を認めさせたのは、おまえたちの功績だ。今後は協定を守ることに専念するのだ」

「僕はおじいちゃんの部下じゃないよ」

「おまえは夜叉の後継者としての自覚が足りぬ。だが凜は鳩槃茶の花嫁として、すでに和平協定を守るべき立場になったのだ。妹の気苦労を考えよ」

苦言を呈した祖父に、兄は肩を竦める。

協定のための政略結婚であることを思い出した私は、その重責に息を呑んだ。

「今さら僕が言うことじゃないかもしれないけど……凜は協定のための政略結婚に納得してるのか？」

その質問に、春馬が咎めるような視線を兄へ向けた。

本当の初夜を迎えていない私たちは、まだ夫婦とは言えないのではないか。つまり、協定を守るための務めを果たしていない。

懊悩をとっさに隠し、私は即座に首肯する。

「もちろん。夜叉姫としての使命を果たすためだけじゃないわ。私自身が春馬と結婚したいと、希望したの」

「春馬？　ああ……鳩槃茶を、そんなふうに呼んでいるんだね」

もしかしたら、兄は私が花嫁としてやっていけるか心配なのかもしれない。

私と同じ焔を宿した目を、兄はまっすぐに春馬へ向ける。

「妹は優しいから、それだけ傷つきやすいんだ。鳩槃茶に凜を守っていけるのか？」

まるで春馬を品定めするような発言に、はっとした私は身を強張らせる。

春馬の返事を聞くのが恐い。

けれど彼は、ためらいなく答えた。

「無論。俺の命をかけて、凜を必ず守ろう」

「そうなんだ。でも、もしその誓いが覆されたとき、凜は返してもらうからね」

「承知した」

力強く述べた春馬に安堵する反面、まるで離縁を望むかのような兄の言い分に戸惑いを覚える。

兄は政略結婚を含めて、協定自体を快く思っていないことがうかがえた。

ふたりのやり取りに重い溜め息をついた祖父は、春馬に言い含める。

「凜を頼んだぞ、鳩槃荼。夜叉姫をほかの鬼神に奪われぬよう、気をつけろ」

「承知」

結婚したことで協定が済んだわけではなかった。和平協定を快く思わない鬼神が存在し、私たちの仲を裂こうとする可能性もあるのだと、彼らのやり取りで知らされる。

私は、協定を存続させるための大切な夜叉姫……。

まるで自分が道具のように思えてしまうのは、私と春馬が夫婦としての絆を結んでいないゆえだろうか。

祖父と兄の発言は、私の行く末を案じてのものだとわかっているのに。

懊悩を押し隠した私は、春馬とともに居城へ戻った。

寝所の窓辺から夜空の星を見上げて、物思いに耽《ふけ》る。

昨夜は春馬がここに座っていたけれど、広い床几《しょうぎ》にクッションが積み重ねられたスペースは、考え事があるときはちょうどよい場所だ。

手枕をついて寝台に寝そべっている春馬は、こちらを眺めていた。

「そうしていると、凛が女神像のようだな。先ほどから、まったく動いていない」

「……瞬きはしているわ」

ぼんやり答えると、身を起こした春馬は着流しの袂を翻して、そばにやってきた。

私の背後に座り、長い腕を回す。

夜風で冷えた体が抱き込まれた。着物を通して、熱い腕にじんわりと温められる。

「善見城でのことを考えているのか」

「ええ……。真実は明らかになったけれど、これでよかったのかという迷いもあるの」

「帝釈天さまが謝罪するなど、これまでなら考えられぬことだ。それだけおまえたちふたりを重宝しているという表れだろう」

もし祖母の死がなければ、この政略結婚も存在しなかったかもしれない。それも含めて、善見城で祖父と兄の考えを聞いたことにより、私が背負うべきものの重大性を改めて感じた。

私は夜叉姫として、神世の和平を婚姻により保たなければならない。そうしなければ祖母の死が、無駄になってしまうのだ。

私が、神世の和平をつなぐ架け橋になる……。

そんな重大な役目を負えるのだろうか。自分の能力にも自信が持てず、花嫁としての責務も未だに果たせていないというのに。

「……ごめんなさい。おじいちゃんと兄さんが、あなたに指図するようなことを言って」

「なにも問題ない。それだけ、凜の身を案じているのだ。家族とはそういうものだろう」

春馬の声に寂しげな響きが混じる。

これまでの彼は孤独だったのだ。でも、これからは、私が春馬と新たな家庭を築いていけるはず。

「私の家族は……これからは、春馬だわ」

「……そうか。そのように言ってもらえると、俺は救われる。だが気負わずともよい。凜は俺の花嫁になったとしても、やはり夜叉姫なのだから」

春馬は夜叉姫としての私を認めてくれた。

ずっと、自分の存在価値を見出せなかった。生まれ持った特殊な能力により、友人がひとりもいない孤独の中で、居場所を探し続けていた。

政略結婚も、無能な夜叉姫の押しつけどころのように思えて窮屈だった。許嫁にも拒絶されるのだろうと思い込んでいた。

でも、春馬と接することで、わだかまりは溶けていった。

私から受け入れる気持ちが大切だった……。

春馬のそばにいたい。彼の花嫁として受け入れられたい。だからこそ、春馬のすべてを受け止めようと心を開けた。

「私……政略結婚は夜叉姫としての義務だとか、自分はそのための道具かもしれないとか、いろいろ考えてしまうんだけど……あなたのことを思うと、心が温まって、優しくなれるの。私はただ、あなたが好きだから結ばれたい。それだけではいけないのかしら」

ぎゅっと、春馬は腕に力を込めて抱きしめる。

「俺も、好きだ。おまえと契りたい。それは無論、夫としての義務ではない。凜を政略のための道具として見たこともない。凜の優しい心に惹かれたのだ」

その言葉が心の奥深いところにまで染み込んでいく。

これまでの懊悩がほろりと溶けると、あとには彼への愛しさだけが胸に残った。

背後から回された腕に触れたとき、亜麻色の髪が頬をくすぐる。雄々しい唇がすぐそばにあるのを知り、とくんと鼓動が甘く弾む。

瞼を閉じると、優しいキスが降ってきた。

交わされたくちづけは甘美な夜の始まりを告げる。

けれど、春馬は着物を脱がさなかった。互いの唇が離れ、目を瞬かせたときにはもう、私の体は強靱な腕にすくい上げられていた。

寝台に運ばれ、純白の褥にそっと押し倒される。

すると春馬は自らの帯を解き、潔く着物を肩から剥がした。

ばさりと脱ぎ捨てられた着物を目で追う。剛健な肉体を直視するのは恥ずかしくて、とてもできなかった。

覆い被さってきた春馬が、そっと耳元に囁く。

「愛《いと》しいおまえの子が欲しい」

しゅるりと繻子の帯が解かれる衣擦れの音が鳴る。

彼の想いに応えたい。

私は胸の奥に秘めていた恋心を解放して、彼を求めた。

「春馬が、好き……」

「俺もだ。好きだ」

「あなたとひとつになりたい」

「ああ……俺もだ」

異なる色の瞳で見つめ合い、想いを確かめ合う。

春馬は私の言葉のひとつひとつを丁寧にすくい上げてくれた。

朱の着物がはだけられ、素肌を重ねる。

逞しい体が密着する心地よさに陶然として、淡い吐息がこぼれた。

強張りの解けた体は彼の濃密な愛撫に高められていく。

やがて春馬の中心がゆっくりと、けれど獰猛に私の胎内に侵入する。

こらえきれずにこぼれた吐息を呑み込むように、彼は何度も唇を重ねた。

体の中に、愛しい人の存在を感じる。

私の眦からひとしずくの涙が伝った。

きつく抱きしめられ、それに応えて腕を回し、彼の背に縋りつく。

「私たち……ひとつになれたの？」

「そうだ。痛いか……？」

春馬は舌を這わせ、涙を舐め取る。

ぴたりと体を重ねた私たちは、すぐにくちづけられる近さにいた。その幸福が、こんなにも胸を締めつける。

「ううん……嬉しいの。幸せで、涙がこぼれるの」

思いの丈があふれて言葉に変わる。

すると、春馬は顔中にくちづけを降らせた。

ゆっくりと胎内を愛される。彼の脈動を、縋りついた指先と荒々しい呼気でも感じられて、たまらない愛しさが湧いた。

ふたりの昂ぶる鼓動が重なり合う。身を震わせながら、彼のすべてを受け止めた。

「愛している。生涯、大切にする」

真摯な誓いの言葉が、唇へのキスとともに、深く胸に刻み込まれる。

春馬は抱きしめた腕を、夜が明けるまで、ほどかなかった。

第六章　1か月　懐妊の兆候

瞼を開けると、心地よい気怠さを覚えた。裸の体には強靱な腕が絡みついている。横に顔を向けると、安らかな寝息を立てる春馬の寝顔がある。

もはや、この目覚めにもすっかり慣れてしまった。

本当の初夜を迎えた私たちは、身も心も結ばれた。

ところがその日を境に春馬は私を褥から出さないようになり、昼も夜も夫婦の契りを交わされる。以来、現世には戻らず、ずっと神世の居城にいた。

彼は滾る欲望をこれまで相当抑えていたのだと知らされるが、ひと月が経過しても鎮まる気配はなかった。

そっと寝台から出ようと足を下ろすと、すぐさま伸びてきた大きな手に胴を掴まれる。

「どこへ行く。逃がさないぞ」

「もう。朝ごはんくらい食べさせてよ」

「ここへ運ばせる。俺が食べさせてやるから、寝台を出るな」

「あのときは、こぼして大変なことになったわね……。テーブルで食べればいいじゃない」

軽快な応酬を交わしているうちに、搦め捕られて褥に引きずり込まれる。

再び私を抱きすくめた春馬は、悪戯めいた碧色の目を向けた。

「おまえを腕の中にずっと閉じ込めて愛したい。少しでも離れていると、羽が生えて逃げてしまわないか心配になる」

「そんなことあるわけないでしょ。顔を洗うと、魚になって逃げると言うし、春馬は本当に心配性なんだから」

「愛《いと》しいのだ。肌を触れ合わせていたい」

頬ずりをされて、彼の体温と肌の感触に愛しさが沸き上がる。困ったふりをしながらも、逞しい肩に手を回した。

執着心の強い春馬は私を溺愛して離さない。大切にされて甘やかしてもらうのは心地よくて、つい睦み合いながら長い時間を過ごしてしまう。

「食事の前に、接吻しよう。俺の唇を食め」

頤をすくい上げられ、しっとりと雄々しい唇が重ね合わされる。

そっと互いの唇を食んで、吸い上げた。

きゅんと胸が甘く引き絞られるような感覚に陶然として、強靱な背中に縋りつく。

キスの合間に、春馬は低い声で囁いた。

「好きだ」

「私も……好き」

「甘い唇だ。もう少し、いいか」

「うん……」

くちづけながら褥に沈んだ私たちは手と手を取り合い、指を絡めてつなぐ。

心も体も結ばれることに、至上の幸福を得られた。

やがて、ようやく褥から出て着物をまとうと、用意された朝食を別室の円卓でとる。

その最中に、春馬の側近が慇懃に話しかけてきた。

「お食事中に失礼いたします。主のお耳に入れたいことがございます」

「なんだ」

立ち上がった春馬は少し離れた窓辺で側近とやり取りをしていた。領地内で揉《も》め事があり、鬼神である春馬の介入を必要としていると漏れ聞こえてきた。秘密の話でもないようだが、歓迎できる内容ではないので、春馬は眉をひそめている。

側近を下がらせた春馬は再び円卓に着いた。

「出かける用事ができた。危険はないが、念のため凛は城で待っていろ」

「わかったわ」

頷いた私は、春馬とともに朝食を終える。

城門前で彼を見送るとき、寂しさが胸を衝いた。

それが顔に出ていたのだろう。シャガラに騎乗する前に、春馬はこちらを振り向く。

「夕刻には帰ってくる。それまで、ゆるりとしていろ」

ためらいもなく私の肩を引き寄せると、唇にくちづける。

ここは褥ではなく、周りには側近や従者もいるというのに。

かぁっと頬を火照らせた私は、春馬の胸を押し戻した。とはいえ、びくともしないけれど。

「いってらっしゃい。気をつけてね」

「ああ。行ってくる」

微笑みを交わすと、愛しさが込み上げてくる。

春馬は私の黒髪を、さらりと撫でると名残惜しげに手を離した。そうしてから手綱を掴み、華麗に足を跳ね上げてシャガラに跨る。

手を振って、春馬の出立を見送る。振り返った春馬も、軽く手を上げてくれた。やがて従者を連れた彼の背中が見えなくなる。

私は幸せの絶頂にいた。

だが頂点にいるということは、そこから下りるものであると説くかのように、空に黒い点を見つける。

「あれは……？」

天空を飛行するものは人型を成し、こちらに近づいてくる。その姿には見覚えがあった。

「風天！」

手を上げて声をかける。夜叉の居城を守護するあやかしの風天は、ひらりと羽衣を翻して着地した。

「お久しぶりでございます、凜さま」

「久しぶりね。夜叉の城は変わりない？」

「はい。今は悠さまがいらしております。現世にお戻りになる前に、凜さまにご挨拶したいとのことです」

人形のように無表情な風天は、淡々と語った。

子どもの頃から何度も夜叉の居城を訪れているので、もちろん風天とも面識がある。

「兄さんは実家に帰るのね。せっかくだから、兄さんと話すついでに夜叉の城を見ておきたいわ。風天、一緒に行きましょう」

神世に来ていたけれど、一度も夜叉の居城を訪ねていない。父や兄がいないと主が不在なので、あえて訪ねる機会がなかったのだ。

「御意にございます」

春馬に伝えたほうがよいだろうかと一抹の思いが生じる。

けれど夕刻まで戻らないのだ。兄と話すだけなので、侍女に言付けしておけばよいだろう。

そばに控えていた侍女に伝えた私は、風天とともに夜叉の居城へ向かった。

運河を渡る舟から城へと続く大門を目にしたとき、ふいに既視感に襲われる。

「え……？　私、この景色を見たことがあるわ」

「そうでございましょう。凜さまは何度も訪れておりますゆえ」

隣に佇む風天の言う通りだった。

幼い頃から夜叉の居城を訪れているので、この景色も幾度となく目にしたはずだ。

それなのに、胸に迫るこの想いの正体はなんなのか。

ふと船内に目をやる。私のほかには風天と船頭しか乗っていない。

けれどそこに、残像があった。

お腹をふっくらとさせた母が、船首に立ち上がった私を驚いて見ている……。

『あなたは、まさか……凜――!?』

耳奥に母の声がよみがえったとき、記憶の洪水が次々に流れ込んでくる。

夜叉の城が泥人に襲われたこと。獰猛な鬼神に変身した父が、ほかの鬼神と戦っている。そしてシャガラに騎乗した春馬が駆けつけてくれた――。

「あのとき、私たちは初めて会ったのね……。春馬が言っていたのは、ここでの出来事だった」

やがて岸に辿り着き、下船する。

大門から城を見上げた私と風天は一歩ずつ、綺麗に整えられた石段を上る。

そうして上りきると、城の前の広場に着いた。

正面には勇壮な扉がある。その手前には城の入り口を守るかのように、石造りの台座が左右にひとつずつあった。

左は風天の立ち位置だ。石像の姿のとき、彼女はそこに佇んでいる。

でも、右側の台座は空だ。

これまで疑問にも思わなかった。かつては誰かが、そこにいたなんて。

私の瞳の奥に、風天をかばって砕け散る男の子の姿が映る。

「雷地……という名だったわ」

びくりと、風天の体が震えた。

あのときの悲しい光景が脳裏を駆け巡る。

「思い出したわ、風天。私は、あのとき砕けてしまった雷地を復活させようとしたのよ」

「……過ぎ去ったことでございます」

風天は沈んだ顔をして、目を伏せる。

だけど私には、雷地の命はつながったのだという心当たりがあった。風天に、悲しい思いのままで過ごしてほしくない。

「雷地に、会いに行きましょう！　今の彼は現世にいるわ」

「……そうなのでございますか。しかし、わたくしは夜叉の城を長く離れることができません。それに会ったところで、どうなるというのでしょう」

顔を強張らせた風天は拒絶を示した。

けれど、どうしても〝彼〟に会ってもらいたい。

困っていたとき、重厚な扉が開け放たれ、兄が現れる。

「一緒に行こうよ、風天。僕の〝治癒の手〟で回復させながらなら、二日くらいは現世で行動できるはずだ」

肩にコマをとまらせた兄はシャツにジーンズという格好で、リュックを背負っている。まるでキャンプから帰宅するような気軽さだ。

「兄さん、現世に戻るの？」

「そろそろ大学に行かないと卒業が危ないからね。帝釈天には、また来るって言っておいた。おじいちゃんは屋敷に戻ったし、とりあえず解散だろ。凜はどうするんだ？」

「私も行くわ。風天に……会ってもらいたい人がいるの」

「……だよな。僕も記憶がつながったよ。過去の決着を、つけに行こうじゃないか」

頷いた私は、兄とともに、風天の手を引いて階段を下りた。

夜叉の居城をあとにした私たちは現世をつなぐ闇の路へと入った。

ふわりと跳び上がったコマが淡い光を放ち、道標となってくれる。

「僕たちは因果な身の上だと思うよ。おじいちゃんや父さんが作った様々な難題を、夜叉一族として解決しないといけないんだから」

「解決してくれって、おじいちゃんに頼まれたの？」

「いいや。僕が勝手に活動してるだけなんだけどね」

「……おじいちゃんも大変ね」

そのとき、先行していたコマの輝きが明滅する。

闇の路の紗を払うかのように、兄は手を伸ばした。

「出口だ。——ただいま」

挨拶をした途端、闇が去り、光に包まれる。

出現したのは自宅マンションのリビングだった。ソファには瞠目した両親が座っている。父が母を抱き込むような格好なので、また迫っていたのだろう。私は見ないふりをしているけれど、話の長い父は愛情表現にかける時間もとても長い。

「お、おかえりなさい。ふたりとも！」

慌てて母が立ち上がろうとしたが、細腕で鬼神の父を突き飛ばせるはずもなく、搦め捕られたままもがいている。

私も春馬に囚われて、あんなふうだったのかと思うと嘆息がこぼれた。

そのとき、黙然と付き添っている風天に父が目をとめた。

「風天ではないか。なぜ現世に来た。なにかあったのか？」

「夜叉さま。わたくしのわがままを、お許しください」

「経緯を初めから話せ。ふたりとも、座りなさい」

父に命じられ、私たちはダイニングテーブルに集まった。

そこで、これまでの神世での出来事を話す。祖母の死の真相に、帝釈天の謝罪。過去に夜叉の居城が襲撃されたのを思い出したこと……。

すべてを聞き終えた父は、深く長い溜め息をついた。

「……そうか。帝釈天が非を認めるとはな。それもおまえたちの持つ魅力ゆえということなのだろう。おまえたちの祖母の死は、俺にとっても長年の疑問だった。解決を図ってくれて、礼を言う」

兄は壁際にひっそりと佇んでいる風天を見やる。

「もうひとつ、解決しないといけない問題があるよ。風天の相方だった、雷地というしもべがいただろう？」

はっとした母は、壁際を見た。

けれど彼女の目は風天を捉えていない。母はもう、あやかしが見えないのだ。

「やっぱり、あの子が雷地の……！」

母が目を輝かせた、そのとき。

私の胸に吐き気が込み上げる。

「うっ」

口元を押さえながら席を立ち、洗面台へ向かった。

「どうしたの、凜？」

母が追いかけてきて、背中をさする。

突然、嘔吐感に見舞われた。けれど、さほどひどくはなく、すぐに収まる。

「なんだか胸がむかむかして……もう大丈夫みたい」

「もしかして、つわりじゃない？」

さらりと告げられた母の言葉に瞠目する。

「つわりって……妊娠すると出る症状よね」

「そう。個人差があるけど、早いときは妊娠四週で起こるよ。胃がむかむかして吐いたり、食欲がなくなったりするの」

——妊娠。

その単語が衝撃をもって、私の身を貫く。

春馬の子を、孕んだかもしれない。

動揺した私はとっさに否定した。

「そ、そんなことない。だって、一緒に暮らして間もないし……子どものことなんて、なにも相談していないから……」

けれど体をつないだら、妊娠の可能性があって然るべきだった。春馬は世継ぎを欲していたのだから。

うろたえる私に、母は微笑みを向けた。

「お母さんは妊娠してから、柊夜さんの正体を知らされたの。だから授かってから相談しても全然平気よ」

「そうなの……。でも、たまたま吐いただけで、つわりとは限らないし……」

「まずは妊娠しているのか、きちんと確かめてみないとね」

そういえば月経は遅れている。一週間ほど遅れることはよくあったので、気にとめていなかった。妊娠したら子宮に赤ちゃんがいるので、当然月経はこなくなる。

お手洗いの棚を探った母は、細長い箱を取り出す。

「買い置きがあったよ。このスティックに尿をかけると、妊娠しているか判定できるから」

母が取り出したのは、妊娠検査薬だった。

これまで誰とも交際したことがない私は、検査薬を手に取るのは初めてである。

どきどきしながら箱を開封して説明書を読む。

検査薬の蓋《ふた》を外して、採尿部に尿をかけると、hCGホルモンの濃度により妊娠の判定が行える。判定窓に青いラインが出ると陽性。終了の線は出ていても、ラインが出なければ陰性だ。

もちろん、妊娠していたら陽性反応になる。

hCGホルモンは妊娠中の女性特有のホルモンであり、受精卵の着床後に分泌が始まるそうなので、妊娠していないのに陽性反応を示すということは考えにくい。

結果は、一分後に判定できると書かれている。

つまり妊娠していたら、すぐに判別できてしまうほど、体は明瞭に作り替えられているのだ。

検査薬を手にして顔を曇らせていると、母は応援するように拳を握りしめる。

「不安だと思うけど、すぐに調べたほうがいいと思うの。もし妊娠していたら、赤ちゃんを大切にお腹の中で育てないといけないから」

「検査してみるわ……。陰性の可能性もあるわけだしね」

まだ妊娠と決まったわけではない。母は期待しているようだが、先ほどの吐き気は

体調不良による胃の不快感だと思えてきた。そんなことは今までにも、よくあること
だった。
そんなにすぐに妊娠するものとも思えない。体調不良と月経の遅れが重なるのは珍
しくもない。
そう思い直した私は、お手洗いへ入った。
緊張しつつ白い体温計のような検査薬の蓋を外し、尿をかける。カバーを戻すと、
判定窓の白い箇所に水分が染み込んでいくのを確認できた。
真っ白のままだ……。
複雑な気分で検査薬を手洗い場に置き、身支度を調える。そうしてから、もう一度
検査薬に目を向けた。
「……えっ!?」
検査薬の判定窓部分に、青いラインが浮かび上がっている。
先ほどは真っ白だと思ったのだが、あれは尿をかけた直後だったからなのか。
手に取って検査薬を凝視する。終了窓と、判定窓のそれぞれに青いラインがくっき
りと刻まれていた。
判定結果は、陽性――。
「私……妊娠しているの……!?」

春馬の子を、身籠ってしまった。

それがとてつもない大ごとに思えて、青ざめる。

夜叉姫が帝釈天派の重鎮とも言える鳩槃茶の子を産んだら、その子はどうなってしまうのだろう。果たして何者になるのか。夜叉なのか、鳩槃茶なのか。とても不安定な地位に陥ってしまいそうな気がする。

それに……春馬は政略結婚の条件として、必ず世継ぎが欲しいと宣言していた。彼の目的は世継ぎをもうけることだから、妊娠してしまったら、私はもう用済みになるのではないか。

途端に、愛し合った日々が遠くなる。

私が子を産んだら、もう彼のそばにはいられなくなる……？

愕然としてドアを開けると、母が心配げな顔をして待っていた。

「お母さん……私……妊娠してた……」

妊娠検査薬を見せると、母は喜びを弾けさせる。

「おめでとう、凜！」

ぎゅっと抱きつかれた私は、訝しげに眉をひそめた。

なにが、おめでとうなのだろう。母は人間だから、まったくわかっていないのだ。

孕んだことで、私が不幸になるかもしれないことに。

胸に不安が渦巻き、気分が悪くなる。

母に支えられながらダイニングへ戻ると、廊下での会話が漏れ聞こえたのか、着席している父と兄の間には気まずい空気が満ちていた。

父は険しい顔つきで、こちらをにらむ。

「妊娠だとか聞こえたが。誰が妊娠したのだ。説明を求める」

言葉に詰まった私はうつむいた。そんな私と父を見比べた母は、明るい笑みを浮かべる。

「凜は、おめでたです！」

母の祝福の声のあと、室内には沈黙が下りた。

当然かもしれない。私が春馬の子を産んだら、夜叉一族の未来が変わるかもしれないのだから。

「鳩槃茶は懐妊を知っているのか？」

父の質問に、力なく首を横に振る。

「なにも……。今、気づいたばかりなの」

「すぐに神世に戻れ。鳩槃茶にはこちらから知らせておく」

その言葉に、弾かれたように顔を上げた。

春馬にはまだ知られたくない。

「彼には言わないで！」

「なぜ夫である鳩槃茶に言えないんだ。今後のことを考えたら一刻も早く知らせるべきだ」

「お父さんは黙っていてよ！」

「なんだと!?　俺は凜の父親だぞ！」

怒鳴りつけた父は真紅の瞳を燃え立たせる。

私は負けずに、にらみ返した。

困惑を浮かべた母が守るように、私の背に手を回した。

「柊夜さん、落ち着いてください。凜も興奮しないで。お願いだから、お腹の赤ちゃんを苦しませないで」

背をさすられ、ソファに腰を下ろす。

母の優しさが身に染みて、泣きそうになった。まだなにか言いたげだった父は口を噤んだ。

「……風天、外に出よう。コマとヤシャネコもおいで」

席から立ち上がった兄が、しもべたちを連れて外へ出ていく。張りつめた家の空気に耐えられなくなったのだろう。

母が持ってきてくれた麦茶を飲むと、気持ちは少し落ち着いた。

まだ平らなお腹に手を当てる。妊娠したなんて実感はまるで湧かなかった。

どうしよう……。

春馬に、知らせるべきだろうか。

けれど、彼の反応が怖い。

喜んでくれたら嬉しい。でも、子どもが生まれたら結婚は解消だとか、そんなことになったら、どうしたらいいのか。

春馬に愛されて幸せな日々だったのに、子どもができてこんなに不安になるなんて思わなかった。

「……お母さん。今日はうちに泊まってもいい？」

父はすぐに神世に戻れと言ったけれど、気持ちの整理ができていなかった。

春馬に会いたいのに、会いたくないという相反した思いが駆け巡り、胸が苦しい。

母は私のそばに来ると、笑顔で言う。

「もちろんよ。ここは、凜の家なんだから。――そうでしょう、柊夜さん」

「……ああ。その通りだ」

父は昔から母に甘い。惚れた弱みということだろうか。

喜んだ母は、私の部屋のベッドに新しいシーツをかけると言って張り切った。

私も手伝おうと、自室に入る。

子どものときから使用していた勉強机はそのままで、室内は綺麗に掃除されていた。

「……お母さん。初めにお兄ちゃんを妊娠したとき、どうだった？」

両親は授かり婚なので、妊娠が発覚したときは未婚だったはずだ。職場の上司と部下という関係で、交際していなかったと聞いている。

新品のシーツを広げた母は、昔を懐かしむように双眸を細めた。

「あのときは、すごく戸惑ったよ。今の凜みたいにね。しかも誰も相談する人がいないから心細かったな……。でもすぐに柊夜さんはプロポーズしてくれたの。『俺の正体は夜叉だ』っていう告白つきでね。それでさらに戸惑ったけどね」

「お父さんらしいね。鬼神の花嫁は気苦労が多いのかな……」

「大変なこともいろいろあったけど、でもお母さんは柊夜さんと結婚できて、とっても幸せよ。家族がいてくれる幸福は何物にも代えられないって、出産してみてわかったな」

父と知り合う前の母が孤独だったことを知らされる。母方の両親はいないので、母は結婚して初めて家族の愛情に触れたのだ。

それに比べたら、私は両親の愛情に恵まれて育った。生まれたときからヤシャネコやコマがいて、家族に囲まれていた。

春馬と、そんな幸福な家庭が作れるだろうか。

お腹に手を当てては思い悩んでしまう。

でも、自分の身がどうなったとしても、彼に愛された証である、この子を産みたい。

その想いは強かった。

授かった命が報われてほしい。

粉々になった雷地から、命の核を取り出したときの光景が脳裏によみがえる。

あのときと同じ気持ちだった。私は大切なものを守った雷地に、報われてほしいと願ったのだ。

彼は果たして報われたのか。答えはもうすぐ出ることになる。

翌日、私たちは風天を連れて外出した。

風天を、とある人物に合わせるため、近所の公園へ向かう。

せっかく現世に来てもらったのに、私の妊娠のことで騒がせてしまった。一晩考えても答えは出ず、懊悩が続いただけだった。

「風天、ごめんね。昨日はうちの事情で大騒ぎして」

「とんでもございません。わたくしは夜叉のしもべですから、見聞きしたことは内密にいたします」

風天は無表情でついてくる。現世では疲労が溜まるのか、彼女の羽衣は力なく垂れていた。

後ろには、ヤシャネコと兄が続く。ぶらりと散歩するといった様相で、彼らは木々の紅葉を眺めていた。

紅葉の色づきを目にした私は、はっとさせられる。

春馬と再会したときは紫陽花が咲いていたのに、いつの間にか季節は流れてしまったのだ。季節の移ろいに気づかないほど彼との恋愛に溺れていたのかと思うと、かつては友人すらいなかった自分の変化に驚いてしまう。

ややあって、一行は公園に到着した。

子どもの頃はよく遊んだ公園は住宅地のそばにあり、すべり台や砂場などがあるだけの小さなものだ。

いつの間にか遊具がとても小さくなったと感じていると、ベンチのそばにいた人物がこちらに気づく。

無邪気な表情を浮かべた青年は、私たちに声をかけた。

「凛ちゃん、悠！　久しぶりだね」

「……大地《だいち》くん!?　身長が伸びたわね。誰なのかわからなかったわ」

幼なじみの高梨大地は、すらりとした好青年に成長していた。小さな頃はよく遊んでいたが、小学生のときに彼は引っ越したので、会うのはそれ以来になる。もとは母親同士が会社の同僚で、子どもが生まれたら友達にしようと約束したそうだ。

それに、彼と仲良く遊べたのにはもうひとつの理由がある。

「ヤシャネコだ！　変わらないなぁ」

「大地くん、久しぶりにゃ～ん。大人になっても、おいらが見えるにゃんね」

「今も、あやかしが見えるんだよ。子どもの頃だけかと思ってたのにな」

大地はヤシャネコと握手を交わした。

春馬に話したことがあるが、彼こそが生粋《きっすい》の人間なのにあやかしが見える、唯一の友人だった。そして生まれる前の記憶があると言って、私と兄に話して聞かせた不思議な男の子だ。

その意味を、私は今になって気づかされた。

私たちの背後に佇む風天に、大地は目を向けた。

「その女の子も……あやかしだよね？」

大地と目を合わせた風天は、ぶるぶると体を震わせる。常に冷静な彼女の双眸はいっぱいに見開かれ、表情には驚愕が浮かんでいた。

「ら、雷地……。あなたは、雷地なのですか……？」

あやかしの雷地の姿を、おぼろげにしか覚えていない私にはわからないが、大地はかつての雷地とよく似ているらしい。

彼女のそばに膝をついた大地は、まっすぐに風天を見た。

「きみは……やっぱりそうだ！　ぼくが前世で一緒に暮らしていた女の子だ。何度もふたりで空を飛んだよ。夢じゃない。きみは本当に実在したんだね」

「あ……あ……覚えているのですか？」

「もちろんだよ。ぼくには生まれる前の記憶があるんだ。ぼくときみは夫婦みたいな関係で、城に住んでいたんだ。でも悪い鬼に襲われて、きみをかばったぼくは死んでしまう。そうだよね？」

大地の話に息を呑んだ風天は、ぎこちなく頷く。

私が空に捧げた命の核は現世へ向かい、高梨大地という人間として生まれ変わったのだった。前世があやかしだった名残で記憶のかけらが残留し、あやかしが見えるという体質を持って生まれたのだろう。

母の同僚の女性から大地が生まれたのも、単なる偶然とは思えなかった。

私は自らのてのひらを広げて、じっと見る。

『ずっと胎動がこなかったのに、高梨さんが触れたら動いてくれたんです！』

嬉しそうな母の声が、記憶の彼方から届く。

あのとき私は、子どものいない高梨さんの切ない告白を聞いていた。彼女が子どもを授かったらいいなと、母のお腹の中で思ったのだ。

悲しい思いをした人たちが報われてほしかった。だから雷地の命の核を、高梨さんの胎内に宿した……。

兄はヤシャネコを抱っこして、呑気にすべり台を滑っている。大地に連絡を取り、呼び出しただけであとは任せるつもりらしい。

神妙な顔をした風天は、大地に訊ねた。

「わたくしは、ずっとあなたに問いたいことがありました。それを二十年、わたくしの胸に問いかけても答えは出ませんでした」

「どんなことかな？」

「なぜ、わたくしをかばったのですか？　あのとき、あなたはわたくしと悠さまの前に出て、両手を広げました。そうしなければ死ぬのは、わたくしのほうでした。どうしてあなたはわざと犠牲になったのです」

切々と訴えた風天に、大地は朗らかな笑みを見せる。

「そんなこと、答えは簡単だよ！　きみのことが好きだからさ」

「……はい？」

「きみが大切だから、生きてほしかったんだ。だってぼくたちは夫婦なんだから」

その答えに、風天の金色の目から大粒の涙がこぼれ落ちた。

常に平淡な彼女が見せる感情の発露は、大地に見せるべく、ずっと抱え続けていたものではないだろうか。

風天の涙はこの世のどんな宝石よりも美しく、そして切なかった。

震える唇で、風天は声を絞り出す。

「……今、あなたは、幸せですか？」

「もちろん幸せだよ。ぼくは両親に愛されて、こうして大人になれた。それに……きみに、また会えたからね」

風天の小さな手を取った大地は微笑みかける。

流れる雫《しずく》で頬を濡らしながら、風天は目を見開き、大地の姿を焼きつけていた。

「……ありがとう。わたくしは、その言葉をあなたに告げたかったのです」

ふたりは時を経て、巡り会えた。

死が引き裂いた悲しい結末のその先に、温かい言葉を交わすふたりを見守る。

真紅のもみじが、ひらりと舞い落ちる。

あやかしの少女と人間の青年は、いくつものもみじが舞い散る中、手をつないで見つめ合っていた。

終章　2か月　夫婦の絆

穏やかな秋の空は、鰯雲《いわしぐも》が綺麗に並んで泳いでいる。

大地と別れて公園から帰る道すがら、私たちは充実感の中にも、どこか物悲しさを漂わせた。

「風天……、彼に会えて、よかった？」

不幸にも死した雷地の行く末が幸せなものだったとわかり、当時の雷地の想いも知ることができた。だが、大地はもはや雷地ではなく、風天のつがいとして戻ってくるわけではないのだ。

私に問いかけられた風天は目を伏せる。人形のような彼女のつるりとした頬には、涙の痕があった。

「わたくしは、ずっと後悔していました。なぜ雷地を死なせてしまったのかと。ですが、あの方は、わたくしを好きだと、夫婦だと言ってくれました。やはり雷地もそのように考えて、わたくしを守ってくれたのでしょう。彼の思いやりが身に染みました」

「そうね……。風天を大切にしていたから、雷地はあなたを守ったのだわ」

「感謝いたします。雷地の望み通り、彼は人間としての生を得ました。凜さまが、雷地の命のかけらをすくい上げてくださったおかげでございます」

「あのときのことは私も、うっすらとしか覚えていないの。でも、雷地を救いたいと思ったのだわ」

忌避していた私の能力が、誰かを救った。そのことに、私自身が救われたのだった。

ヤシャネコを連れた兄は、言いにくそうに切り出す。

「でもさ……ふたりは夫婦に戻れるわけじゃないよな。風天と雷地は別々の道を歩むことになったんだ。それはいいのかい？」

あやかしの風天は現世に居続けられるわけではなく、夜叉の居城に戻り、引き続き城の守護にあたる。そして大地は前世の記憶を持つとはいえ、それは過去のことであり、彼のこれからの人生でほかの誰かと結婚するかもしれないのだ。

風天は柔らかな笑みを浮かべた。

いつも無表情だった彼女が見せた、初めての笑顔は穏やかなものだった。

「彼には人間として幸せな一生を送ってもらいたいのです。かつて私を守ってくれたように、大地さまの愛する人を守ってほしい。それがわたくしの願いでございます」

風天の思いやりに満ちた言葉に、彼女の心が変化したのだと感じられた。

ふたりは惹かれ合って、つがいになったわけではないかもしれない。けれど雷地の勇気ある行動により、夫婦の絆は結ばれたのだった。

私も……春馬と絆の結ばれた夫婦になりたい。

自分の立場がどうなるかばかりを考え、不安に陥ってはいけない。彼への思いやりをもって接することが大切なのだと胸に刻む。

春馬の碧色の双眸を愛しく思い出してしまう。

彼に会って、話したい。子どものこと、そして、これからのことを。

そっと、お腹に手を当てたとき、もみじがひらりと舞い降りた。

「ピュイ」

ふと聞こえた鳥の鳴き声に、顔を上げる。

真紅に染まったもみじの枝にとまったコマが、こちらに呼びかけていた。

「おかえり、コマ。ご苦労だったね」

姿が見えないと思ったが、兄が用事を頼んでいたようだ。

羽ばたいたコマは、なぜか兄の肩にはとまらず、道の向こうまで飛んでいく。

落葉の敷き詰められた道に佇んでいた人物の姿に、はっとした。

「春馬……」

静謐な双眸でこちらを見ている春馬に、胸が高鳴る。

春馬の姿を示したコマは弧を描き、ようやく兄の肩に降り立った。

「僕がコマに伝えさせたんだ。妹は現世に来ているってね。僕がさらったと思われたら、困るだろ？」

見つめ合う私と春馬を置いて、兄はしもべたちを連れて帰っていった。

真紅の道に、私たちは無言で佇んでいた。

やがて春馬はこちらに歩み寄る。

会いたかった――。

あふれる想いが胸を占める。

けれど、もう彼とはこれまでと同じ関係ではいられなくなる。お腹には、彼の子がいるのだから。

いたたまれなくて、私は目を伏せた。

「心配したぞ」

すいと私の手をすくい上げた春馬は、キャンパスで出会ったときのように、指先にくちづけた。

彼の唇の熱さが、懐かしくて愛しい。

「どうして……来てくれたの？」

「俺の花嫁を、何度でも迎えに来よう」

「……あなたに、言わなくてはいけないことがあるの。とても大事なことなの……」

「なにか」

緊張を孕んだ春馬の双眸は、まっすぐに私を見つめていた。

唇を震わせて、声を絞り出す。

「私……妊娠しているの。あなたの赤ちゃんが、お腹にいるのよ」

告白した刹那、逞しい腕に抱きしめられる。

春馬の強靱な腕の中に包まれ、私の居場所はここなのだと、はっきり胸のうちで感じた。

「俺の子を産んでくれ」

「……私も、あなたの子を産みたい。でも……あなたと別れたくない」

ためらいながら口にすると、腕の力を緩めた春馬は私の顔を覗き込んだ。

「子を産むと、なぜ俺と別離することになるのだ？」

「だって、政略結婚の条件として、春馬は世継ぎを欲しがっていたでしょう？」

「いかにも」

「世継ぎが生まれたら、目的は果たされるわ。そうしたら私はもう、あなたに必要とされなくなると思って……」

意外なことを聞いたかのように、春馬は目を見開く。

やがてその双眸を細めると、彼は私の髪を優しく撫でた。いつも褥で、そうするように。

「世継ぎが欲しいと言ったのは、決して一族のためだけではない。俺は、家族が欲しかったのだ。婚姻を結んだ俺たちは新しい家族となり、子を育て、末永く幸せに暮らす。その望みは、おまえと触れ合っているうちに確信に変わった。凜は、俺が家族だと言ってくれたな。俺は、凛と家族になるという夢を、ともに叶えたい」

孤独に生きてきた春馬を癒やしたい、愛したい、そして愛されたいという想いが結実し、私は彼と家族になりたいという望みに至った。

そして春馬も、私と同じ想いだった。

家族が欲しいという当たり前のはずの願いが、彼の胸のうちにあったのだ。

夫婦が新しい家族になって、子どもたちと幸せに暮らす。

彼の望んでくれた幸せな未来が煌めく希望となって、私の胸に息づいた。

春馬は言葉を紡いだ。

「ゆえに、世継ぎができたからといって、凛を見限るなどありえぬ。凛が胎児だったときに夜叉の居城で惹かれ、そして赤子だったおまえを二十年後に迎えに行くと約束し、ようやく花嫁にもらいうけたのだ。心優しく愛情にあふれるおまえと、どうして別れることができるものか」

彼の想いが胸の奥深くまで染み入る。

私は妊娠した動揺から、勝手にひとりで不安を募らせ、春馬に見放されると思い違いをしていたのだと知った。

「私は、ずっとあなたのそばにいてもいいのね」

「無論だ。俺の愛する妻を、離すことなどない」

力強く告げた春馬が、精悍な顔を傾ける。

大好きな碧色の瞳を見つめた私は、そっと瞼を閉じた。

優しいくちづけを交わすと、彼への愛しさが込み上げる。

春馬は懐から取り出した小さなものを、私の左手の薬指にはめた。

白銀に光る結婚指輪は、真紅の紅葉の中で煌めきを放つ。

「あ……これ……」

「高価な着物ばかりもらえないと、おまえは言っていた。ならば俺たちは正式な夫婦なのだから、結婚指輪を贈りたい」

指輪をもらえるとは思ってもみなかったので、胸に感激があふれる。

もうひとつ、おそろいの大きな指輪を、春馬は指先で摘まむ。こちらは彼の結婚指輪だ。

私の手ではめてあげたいので、指輪を受け取る。緊張に手を震わせて、春馬の指に通した。

互いの薬指には、夫婦の証が輝いている。

「ありがとう……。おそろいのものを身につけられるなんて嬉しい」

「この指輪は、おまえを必ず幸せにするという誓いと思ってくれ」

私はもう充分に幸せだった。なぜなら春馬は母との約束を守り、私を笑顔にしてくれたのだから。

そしてこれからも、子どもが生まれたら、三人で笑い合える。

さらに春馬は、もうひとつの指輪を取り出した。

「えっ……それは、誰のための指輪なの？」

とても小さな指輪は、私の小指にも入らないほどだ。

第三の指輪を、春馬は私のてのひらに握らせた。

「これは、生まれてくる赤子の指輪だ」

赤ちゃんの、指輪……。

彼は私が妊娠したことを、たった今、知ったはずだ。

それなのに赤ちゃんの分の指輪も、前もって用意してくれていたのだ。

「おまえを愛しているのだから、いずれ子を孕むと考えていた。愛する家族を守るのが俺の望みなのだから」

私の脳裏には、子どもたちに囲まれて幸せそうに笑う春馬の姿が浮かんだ。

冷徹な鬼神ではあるけれど、同時に彼は家族を慈しむ父親になる。

私も、彼とともに幸福な未来へ向かっていける。

至上の幸せに、眦から涙がこぼれ落ちる。

頬を伝う雫を、春馬の指先がそっと拭った。

彼の優しさに、愛情が胸からあふれる。

「この涙は、悲しいのではないな?」

「……嬉しいの。幸せで、涙がこぼれるの……」

結ばれたときと同じ言葉を繰り返す。

愛する人と想いを交わし、私は至上の幸福に包まれていた。

夫婦として彼を慈しみ、大切にしよう。生まれてくる赤ちゃんとともに、家族になろう。

その誓いを刻み、私は笑顔を見せた。

「笑ってくれたな。おまえの笑顔は、幸せの証だ」

「春馬も笑顔になっているわ。あなたの笑顔は、とても素敵ね……」

微笑みを交わした私たちは手をつないだ。ふたりで、生まれてくる子の指輪を温めながら。

紅葉の敷き詰められた真紅の道は、私の瞳の焔と同じ色をしていた。

もう、うつむくことはない。

私は春馬とともに、未来への道を歩んでいった。

完

あとがき

こんにちは、沖田弥子です。

このたびは『夜叉の鬼神と身籠り政略結婚三〜夜叉姫は生贄花嫁〜』を手にとってくださり、ありがとうございます。

夜叉の鬼神シリーズも三巻目となりました。続編を刊行させていただけるのも、読者様に応援していただいたおかげです。まことにありがとうございます。

本作の後半は、あかりの愛娘である凜が新たなヒロインとなり、次世代の政略婚姻譚を迎えました。

打ち合わせの際に、夜叉姫と鳩槃荼についての構想を拾い上げてくださった担当さまに感謝いたします。夜叉や羅刹というメジャーな鬼神だけでなく、鳩槃荼や薜茘多などエンタメ界ではあまり見かけない鬼神を活躍させたいという想いがありましたので、それが形となり、感激もひとしおです。

あかりとは少し違ったコンプレックスを抱える凜ですが、春馬との触れ合いにより自らを認め、彼を愛することができました。初めはぎこちなかったふたりが次第に心を通わせていく過程を楽しんでいただけましたら幸いです。

現在の凜は妊娠二か月ですが、柊夜に匹敵するほど執着の深い春馬の溺愛に、これからの結婚生活で辟易しつつも幸せに過ごすという未来が待っていると思います。

今後、愛情に満ちたふたりが迎える出産と、ライバルとなるほかのイケメン鬼神も描けていけたら嬉しいですね。

また、懐妊に高梨さんと雷地のエピソードを絡めましたが、懸命に努力したにもかかわらず悲しい境遇に陥るという不幸に納得がいかないので、努力した人に報われてほしいという願いを込めて物語を綴りました。私自身が大切な家族を亡くした経験から発しています。終わってしまったことは変えられないので、風天のように希望を見出せたとしたら心が癒やされるのではないかと考えております。

最後になりましたが、書籍化にあたりお世話になったスターツ出版のみなさま、本作にかかわってくださった方々に深く感謝を申し上げます。引き続きイラストを描いてくださった、れの子さま、初々しくも幸せなふたりに胸を打たれました。

そして読者様に心よりの感謝を捧げます。

願わくば、みなさまの真摯な想いが報われますように。

沖田弥子

沖田弥子先生へのファンレターのあて先
〒104-0031　東京都中央区京橋1-3-1　八重洲口大栄ビル7F
スターツ出版（株）書籍編集部 気付
沖田弥子先生

夜叉の鬼神と身籠り政略結婚三
～夜叉姫は生贄花嫁～

2021年11月28日　初版第１刷発行

著　者　　沖田弥子　

発 行 人　菊地修一
デザイン　カバー　粟村佳苗（ナルティス）
　　　　　フォーマット　西村弘美
発 行 所　スターツ出版株式会社
〒104-0031
東京都中央区京橋1-3-1　八重洲口大栄ビル7F
出版マーケティンググループ　TEL 03-6202-0386
（ご注文等に関するお問い合わせ）
URL　https://starts-pub.jp/
印 刷 所　大日本印刷株式会社

Printed in Japan

ISBN　978-4-8137-1183-4　C0193

スターツ出版文庫　好評発売中!!

『30日後に死ぬ僕が、君に恋なんてしないはずだった』　茉白《ましろ》いと・著

難病を患い、余命わずかな呉野は、生きることを諦め日々を過ごしていた。ある日、クラスの明るい美少女・吉瀬もまた“夕方の記憶だけが消える”難病を抱えていると知る。病を抱えながらも前向きな吉瀬と過ごすうち、どうしようもなく彼女に惹かれていく呉野。「君の夕方を僕にくれないか」夕暮れを好きになれない彼女のため、余命のことは隠したまま、夕方だけの不思議な交流を始めるが――。しかし非情にも、病は呉野の体を蝕んでいき…。

ISBN978-4-8137-1154-4／定価649円（本体590円+税10%）

『明日の世界が君に優しくありますように』　汐《しお》見《み》夏《なつ》衛《え》・著

あることがきっかけで家族も友達も信じられず、高校進学を機に祖父母の家に引っ越してきた真波。けれど、祖父母や同級生・漣の優しさにも苛立ち、なにもかもうまくいかない。そんなある日、父親と言い争いになり、自暴自棄になる真波に漣は裏表なくまっすぐ向き合ってくれ…。真波は彼に今まで秘めていたすべての思いを打ち明ける。真波が少しずつ前に踏み出し始めた矢先、あることがきっかけで漣が別人のようにふさぎ込んでしまい…。真波は漣のために奔走するけれど、実は彼は過去にある後悔を抱えていた――。

ISBN978-4-8137-1157-5／定価726円（本体660円+税10%）

『鬼の花嫁四～前世から繋がる縁～』　クレハ・著

玲夜からとどまることなく溺愛を注がれる鬼の花嫁・柚子。そんなある日、龍の加護で神力が強まった柚子の前に、最強の鬼・玲夜をも脅かす力を持つ謎の男が現れる。そして、求婚に応じなければ命を狙うと脅されて…!?「俺の花嫁は誰にも渡さない」と玲夜に死守されつつ、柚子は全力で立ち向かう。そこには龍のみが知る、過去の因縁が隠されていた…。あやかしと人間の和風恋愛ファンタジー第四弾！

ISBN978-4-8137-1156-8／定価682円（本体620円+税10%）

『鬼上司の土方さんとひとつ屋根の下』　真彩《まあや》-mahya-・著

学生寮で住み込みで働く美晴は、嵐の夜、裏庭に倒れている美男を保護する。刀を腰に差し、水色に白いギザギザ模様の羽織姿…その男は、幕末からタイムスリップしてきた新選組副長・土方歳三だった！　寮で働くことになった土方は、持ち前の統制力で学生を瞬く間に束ねてしまう。しかし、住まいに困る土方は美晴と同居すると言い出して…!?　ひとつ屋根の下、いきなり美晴に壁ドンしたかと思えば、「現代では、好きな女にこうするんだろ？」――そんな危なっかしくも強くて優しい土方に恋愛経験の無い美晴はドキドキの毎日で…!?

ISBN978-4-8137-1155-1／定価704円（本体640円+税10%）

スターツ出版文庫　好評発売中!!

『記憶喪失の君と、君だけを忘れてしまった僕。2～夢を編む世界～』　小鳥居《ことりい》ほたる・著

生きる希望もなく過ごす高校生の有希は、一冊の本に出会い小説家を志す。やがて作家デビューを果たすが、挫折を味わいまた希望を失ってしまう。そんな中、なぜか有希の正体が作家だと知る男・佐倉が現れる。口の悪い彼を最初は嫌っていた有希だが、閉ざしていた心に踏み込んでくる彼にいつしか救われていく。しかし佐倉には結ばれることが許されぬ秘密があった。有希は彼の幸せのために身を引くべきか、想いを伝えるべきか揺れ動くが…。その矢先、彼を悲劇的な運命が襲い――。1巻の秘密が明らかに!? 切ない感動作、第2弾！

ISBN978-4-8137-1139-1／定価693円（本体630円+税10%）

『半透明の君へ』　春田《はるた》モカ・著

あるトラウマが原因で教室内では声が出せない“場面緘黙症”を患っている高２の柚葵。透明人間のように過ごしていたある日、クールな陸上部のエース・成瀬がなぜか度々柚葵を助けてくれるように。まるで、彼に自分の声が聞こえているようだと不思議に思っていると、成瀬から突然『人の心が読めるんだ』と告白される。少しずつふたりは距離を縮め惹かれ合っていくけれど、成瀬と柚葵の間には、ある切なすぎる過去が隠されていた…。“消えたい”と“生きたい”の間で葛藤するふたりが向き合うとき、未来が動き出す――。

ISBN978-4-8137-1141-4／定価671円（本体610円+税10%）

『山神様のあやかし保育園二～妖こどもに囲まれて誓いの口づけいたします～』　皐月《さつき》なおみ・著

お互いの想いを伝え合い、晴れて婚約できた保育士のぞみと山神様の紅。同居生活をスタートして彼からの溺愛は増すばかり。でも、あやかし界の頂点である大神様のお許しがないと結婚できないことが発覚。ふたりであやかしの都へ向かうと、多妻を持つ女好きな大神様にのぞみが見初められてしまい…。さらに大神様の令嬢、雪女のふぶきちゃんも保育園に入園してきて一波乱!?果たしてふたりは無事結婚のお許しをもらえるのか…？保育園舞台の神様×保育士ラブコメ、第二弾！

ISBN978-4-8137-1140-7／定価693円（本体630円+税10%）

『京の鬼神と甘い契約～天涯孤独のかりそめ花嫁～』　栗栖《くりす》ひよ子・著

幼い頃に両親を亡くし、京都の和菓子店を営む祖父のもとで働く茜は、特別鋭い味覚を持っていた。そんなある日、祖父が急死し店を弟子に奪われてしまう。追放された茜の前に浮世離れした美しさを纏う鬼神・伊吹が現れる。「俺と契約しよう。お前の舌が欲しい」そう甘く迫ってくる彼は、身寄りのない茜を彼の和菓子店で雇ってくれるという。しかし伊吹が提示してきた条件は、なんと彼の花嫁になることで…!?祖父の店を取り戻すまでの期限付きで、俺様&溺愛気質な伊吹との甘くキケンな偽装結婚生活が始まって――。

ISBN978-4-8137-1142-1／定価638円（本体580円+税10%）

スターツ出版文庫　好評発売中!!

『今夜、きみの声が聴こえる～あの夏を忘れない～』　いぬじゅん・著

高２の咲希は、幼馴染の奏太に想いを寄せるも、関係が壊れるのを恐れて告白できずにいた。そんな中、奏太が突然、事故で亡くなってしまう。彼の死を受け止められず苦しむ咲希は、導かれるように、祖母の形見の古いラジオをつける。すると、そこから死んだはずの奏太の声が聴こえ、気づけば事故が起きる前に時間が巻き戻っていて――。咲希は奏太が死ぬ運命を変えようと、何度も時を巻き戻す。しかし、運命を変えるには、代償としてある悲しい決断をする必要があった…。ラスト明かされる予想外の秘密に、涙溢れる感動、再び！

ISBN978-4-8137-1124-7／定価682円（本体620円＋税10%）

『余命一年の君が僕に残してくれたもの』　日野祐希《ひのゆうき》・著

母の死をきっかけに幸せを遠ざけ、希望を見失ってしまった瑞樹。そんなある日、季節外れの転校生・美咲がやってくる。放課後、瑞樹の図書委員の仕事を美咲が手伝ってくれることに。ふたりの距離も縮まってきたところ、美咲の余命がわずかなことを突然打ち明けられ…。「私が死ぬまでにやりたいことに付き合ってほしい」――瑞樹は彼女のために奔走する。でも、彼女にはまだ隠された秘密があった――。人見知りな瑞樹と天真爛漫な美咲。正反対のふたりの期限付き純愛物語。

ISBN978-4-8137-1126-1／定価649円（本体590円＋税10%）

『かりそめ夫婦の育神日誌～神様双子、育てます～』　編乃《あみの》 肌《はだ》・著

同僚に婚約破棄され、職も住まいも全て失ったみずほ。そんなある日、突然現れたのは、水色の瞳に冷ややかさを宿した美神様・水明。そしてみずほは、まだおチビな風神雷神の母親に任命される。しかも、神様を育てるために、水明と夫婦の契りを結ぶことが決定していて…⁉「今日から俺が愛してやるから覚悟しとけよ？」強引な水明の求婚で、いきなり始まったかりそめ家族生活。不器用な母親のみずほだけど、「まぁま、だいちゅき」と懐く雷太と風子。かりそめの関係だったはずが、可愛い子供達と水明に溺愛される毎日で――⁉

ISBN978-4-8137-1125-4／定価682円（本体620円＋税10%）

『後宮妃は龍神の生贄花嫁　五神山物語』　唐澤和希《からさわかずき》・著

有能な姉と比較され、両親に虐げられて育った黄煉花。後宮入りするも、不運にも煉花は姉の策略で身代わりとして恐ろしい龍神の生贄花嫁に選ばれてしまう。絶望の淵で山奥に向かうと、そこで出迎えてくれたのは見目麗しい男・青嵐だった。期限付きで始まった共同生活だが、徐々に距離は縮まり、ふたりは結ばれる。そして妊娠が発覚！しかし、突然ふたりは無情な運命に引き裂かれ…「彼の子を産みたい」とひとり隠れて産むことを決意するが…。「もう離さない」ふたりの愛の行く末は⁉

ISBN978-4-8137-1127-8／定価660円（本体600円＋税10%）